製圖師的預言

·十六世紀以來關於花蓮的想像·

—— 王威智 ——

東跨汪洋大海，
高峰插天，
巖險林茂，
溪谷重疊，
道路弗道……
在崇山峻嶺之中。
其間密箐深林，
岩溪窮谷，
高峰萬疊，
道路不通。

——《東征集》·藍鼎元

篇目

沉默交易

整整二十前我從師長口中得知《東臺灣展望》，那時我跟在他們後頭幫忙編綴一套地方文史叢書，書中部分圖片就引自《東臺灣展望》。那些非專業翻拍、略顯模糊的照片不但是珍貴的影像，對我而言更是被凍結的時間，勾起我對花蓮「過去」的想像。

幾年後我才有機會一睹傳說中的《東臺灣展望》，個頭壯碩，巨大的開本和繁多的書頁使其份量重若大山，外觀深絳，書名燙金，硬皮精裝，作者毛利之俊的用心昭然可見，一九三〇年代大阪的印刷與裝幀技藝也極為可觀，但時間令書況不佳，讓它看起來像一個魁梧的糟老頭，裱布破損，裝訂崩散，書頁脆化泛黃。

多年來我一直認為《東臺灣展望》必須受到妥善的收藏，同時心頭有個疑問像打不掉的寄生蟲那樣糾纏不休：毛利先生受到何種動力的驅使而獨力編寫這樣一本他所謂的「紀念冊」？

很久以後，我才明白毛利先生早就給了答案：紀念冊。《東臺灣展望》無疑是一本向時間致敬之書。

我開始凝視毛利先生的「展望」，在史籍裡翻找線索，把想像當成筋肉，一片一片貼上歷史的骸骨，如同人類學者在實驗室就出土的殘缺頭骨重建M6的頭顱顏面。歷史本來就是「他人的故事」，地圖和史書在某方面可說是一模一樣的智識產物，它們都是經過詮釋的成品，被寫出來被畫出來的目的往往是指導或誤導。《製圖師的預言》不是一本地方誌，即便寬鬆以待也難以視之為「誌」，儘管確實奠基於某些確定的地理、史實與出土材料，但也僅止於此，說穿只是一趟「自以為是」的「重建」之旅。

在旅程中我走過部落、河岸、蜿蜒的山徑，聽見鎮海軍吳阿再竄逃的喘息夾雜著穿梭於蓁莽雜林間身體四肢與枝葉摩擦的窸窣聲，看見形容枯槁的蝦夷地船師文助和他的水手目睹順吉丸被阿美族人焚毀時滿臉的驚訝與無奈，甚至一度飄浮在空中俯望花蓮溪口海階上蹦蹦跳跳的M家族。當然，我最常聽見的是毛利先生的腳步聲，但從未與他見上一面，我們似乎各自佔據莫比烏斯帶（Möbius strip）的一側，並且不停走動，有時來到同一處，但時間只允許我透過文字「看見」毛利先生，「看見」他讓攝影師以鏡頭凍結的人物和風景。

莫比烏斯帶是一個奇異的連續曲面，看起來像環，擁有內外兩面，其實只有一個面。在日常生活中，我們可以輕易地製作莫比烏斯帶，只要將一條矩形紙帶扭轉一八〇度再黏合起來，就是一條莫比烏斯帶。假設某人沿著莫比烏斯帶走，那麼他將在中途回到——或者說「經過」——起點，只不過是在另一側；繼續走，最後會走完整條莫比烏斯帶。莫比烏斯帶讓人以為從這一面走到另一面，其實始終是在同一平面。如果有兩個人沿著莫比烏斯帶反向而行，則他們將在某一點相遇，但那不是一般意義的相遇，他們可以聽見彼此，卻無法面對面，他們只是在一個連續曲面的相異兩點以奇異的方式相遇罷了。莫比烏斯帶沒有邊界，宇宙之所以無垠，會不會宇宙根本只是一條宇宙超級無敵大的莫比烏斯帶？

時間也像莫比烏斯帶，自我複製無限循環，特別當我自以為看見麥哲倫站在船頭迎著風為陌生海洋命名的那一刻，聽見太魯閣族的先人第一次看見東方的日出瞇著眼謙卑而順從地驚呼之時，或者自以為是地認為吉田初三郎一定帶著徒弟在蘇澳搭上東海自動車株式會社的嶄新巴士一路顛簸來到花蓮，不然他如何決定讓斷崖做為「大太魯閣交通鳥瞰圖」的前景？

這也是一次看見「混血力量」的旅程。在我們喧騰熱鬧的島嶼，沒有比花蓮更邊緣的邊緣地帶，此地充斥實驗、矛盾、衝突，以及隨之而來的理解與融合，最後散發著一股臺灣罕見的「混血」氣質。這股氣質引發一種可有可無的調調，讓此地其實頗具活力的生活看起來慵懶散漫，它的源頭是匆匆航經立霧溪口的葡萄牙水手，肩負重任眼射精光的荷蘭探金隊小隊長，在颱風一來必定淹沒的海階平台上討日子的史前人類M家族，認為向陽那一側才是前山的太魯閣族先人（和我的漢族先人比起來，他們的見解多麼奇異啊！），在清領轄下而實為無政府之地的奚卜蘭地方酣暢度日的阿美族，拒飲阿美族小米酒卻樂意教授編席之術的日本船師文助，還有佩刀持槍在深山監控布農族的日警，我甚至咬了一口他們種在托馬斯的蘋果，才知道他們不但難逃螞蝗和冰雪的啃嚙，也得面對又酸又澀的鄉愁，儘管將砲管瞄準頑強的「蕃人」，但原來他們和「蕃人」一樣，有血有肉。

當然還有從事「沉默交易」的哆囉滿人。他們或許是臺灣最早的採金人，明白黃金是珍稀之物，卻不清楚買賣之道，於是有了令人難以想像的易物之術。假設有個哆囉滿人，他在岩石上鋪了樹葉，在樹葉上放了黃金，那是一個期待交易的訊息。如果恰巧有人帶了兩張鹿皮經過並認為拿兩張鹿皮換一小塊黃金是合理的交易，那麼他會留下鹿皮，取走黃金；過了幾天，哆囉滿人回頭查看，他看見並取走鹿皮。

如此迂迴、緩慢、樸素而安靜的交易需要誠實、正直、尊重與謙卑。基於尊重，我迂迴地與消逝的時間談生意，當然，想像和誠實隔了一段距離，但我的確盡可能謙卑地以文字填補遺骨與遺骨間的孔縫，藉以認識這一片南北狹長東西狹窄的罕為人知的山海地。

Très peu connue[1]

消失多年的哆囉滿[2]人說：
一開始是洄瀾
因為漳州人看見縈迴巨浪
而瀾蓮於河洛語為諧音
花俗音如洄
後來的泉州人把花讀正了
但洄瀾跟花或蓮花有何關連？
那可能是另一種漳泉械鬥

走避他鄉的哆囉滿人說：
沙奇萊亞被西班牙人當成地名
現在他們自稱撒奇萊雅

岐萊、奇萊、澳奇萊
都是沙奇萊亞的漢音譯文
只是荷蘭語聱牙譯後走了調
阿美族說太魯閣族像崇爻
聽來像卦名
但阿美族的意思其實是比易經
更容易的猴子

1 Très peu connue，法文「鮮為人知」之意。

2 哆囉滿，典籍中歷史悠久的地名或社名，也是西班牙、荷蘭文獻中 Turuboan、Turumoan 等詞的音譯。明末沈光文說：「三日至蛤仔難，三日至哆囉滿，三日至直腳宣」（〈平臺灣序〉），據此推定哆囉滿位於今花蓮縣立霧溪出海口以北至大濁水溪之間的地域。哆囉滿人指十七世紀臺灣東北部、東部的原住民族群；十八世紀，太魯閣族翻山越嶺沿立霧溪朝海岸推進，哆囉滿人不敵，棄地北走蘭陽平原，最終匯入哆囉美遠社。立霧溪產金，哆囉滿人淘金易物，活躍於雞籠至花蓮一帶，是臺灣東岸北段原住民貿易體系的「閃亮亮」的成員。

飽受驚嚇的哆囉滿人說：
我們一直住在西班牙人說的 Turuboan
或者荷蘭人說的 Tarraboan
但太魯閣族已翻越奇萊
順著立霧溪逼近
關於黃金我們將僅僅留下傳說
奔向蘭陽
投靠哆囉美遠
那個名字與我族相近的北方大社
尋找你的名字於文獻之海
翻閱閩客撒奇萊雅阿美太魯閣荷蘭還有

西班牙最後發現你的出身其實是
蛋撻式的我的意思是葡式的
金之河
利奧特愛魯
Rio de Ouro[3]

3 Rio de Ouro，葡萄牙文「黃金河」之意。

關於黃金可信與不可信的傳說都記錄於誌書，有文為徵的花蓮是從比蛋撻更誘人的黃金開始的。

闖進未知的世界，那是一場葡萄牙式冒險，冒著比糖晶過度烤焦更高的風險。

當某個葡萄牙人把 terra 寫做 Terra，他的意思是「地球」，世界並非又平又扁。於是，我們想起畢達哥拉斯，他說大地是顆球。

哥倫布相信畢達哥拉斯，他從西班牙一路往西航行，橫渡大西洋，遇見陌生的大陸。哥倫布是鄭和之後最顯赫的航海家，但他聲稱新大陸是馬可．波羅筆下的亞洲大陸，某次致信教宗亞歷山大六世，更斷言古巴就是亞洲東岸。

幾年後，佛羅倫斯商人韋斯普奇（Amerigo Vespucci）宣稱四度前往「新大陸」；一五〇七年，德國地理學家瓦爾德澤米勒出版《世界地理概論》，以 Amerigo 之名替歐洲以為的新大陸命名。

葡萄牙人麥哲倫在東南亞參與殖民戰爭時，看見香料群島以東是一片大海，和哥倫布一樣，麥哲倫對地圓說深信不疑，但認為這片尚未命名的大海的東方盡頭才是美洲。一五一九年八月，在西班牙國王資助下，麥哲倫率領船隊從安達魯西亞出發，十四個月後在南美洲南端發現後來以其為名的麥哲倫海峽，船隊沿著彎彎曲曲時寬時窄的峽道艱難地前進，二十多天後抵達海峽另一端，進入一片全新的海洋，舉目浩瀚，彷彿永遠看不見陸地，遇不到島嶼。

眼前汪洋何等遼闊，麥哲倫一無所知，一路上風平浪靜，沒有駭人的驚濤駭浪，他愛上了這片如受上帝祝福的無名大水。

「**何不讓陌生的海洋跟大西洋、印度洋一樣呢？**」剎那間，有個念頭閃現了：「**給它名字吧！**」那時，麥哲倫或許恰好站在船首，迎著風，望向海面，湛藍深邃，如鏡太平。他想了想，於是太平洋在人類歷史上誕生了：

Mare Pacificum![4]

一五二一年春天，船隊泊在一座無人島，一夥人登島休息取水，忽然發現土著搖著小船，漸漸逼近。麥哲倫的奴僕恩里克用馬來語朝他們喊話，沒想到土人竟然聽得懂。麥哲倫恍然大悟，十二年前他把出生於蘇門答臘的恩里克帶到歐洲，如今他毫無預期地把他帶回舊地。

這裡是亞洲，畢達哥拉斯是對的，大地是球，而他即將完成人類史上第一次環「球」航行，向歐洲和基督教宣告世界是一顆球，一顆滿覆大水的巨球。這同時意味著象徵財富與爭端的香料群島不遠了。

但是，麥哲倫最終僅以靈魂與精神完成壯舉，他介入菲律賓小島部落間的戰鬥，石塊、弓箭、標槍和利斧齊飛，讓他魂斷東方。慘遭折損的船隊繼續西行，在摩鹿加群島以當時歐洲市場難以想像的低價，將丁香、豆蔻、肉桂一一搬上船，直到塞不進船艙才罷手。一五二二年九月初，維多利亞號率先回到三年前啟航的桑盧卡爾港，在艱苦的旅程後，船上幾十個水手倖存十八個，疲勞衰弱讓他們個個不成人形。

4 Mare Pacificum，拉丁文，意指「平靜的海洋」，即太平洋，一五二〇年由麥哲倫命名。

當我們行經清水斷崖，黃昏時分坐在七星潭的石灘看浪，從石梯港搭上船出海尋鯨，或者什麼也不做只是望著廣漠的太平洋，也許會想到麥哲倫，甚至想起他的環球航線就橫越離我們島嶼南方並不很遠的海面。

麥哲倫與亞洲最初的接觸是菲律賓的維薩亞斯群島，而維薩亞斯群島與我們僅僅隔著巴士海峽和呂宋島。如果麥哲倫在令他火冒三丈因而縱火殺人的強盜群島以西，命令舵手轉向右舷二十五度，那麼他將在蘭嶼外海遇見臺灣。

麥哲倫不認識黑潮，對這股強勁的洋流十分陌生，但如果麥哲倫遇見臺灣，他和敏感的水手會發現有隻無形手推著船，即使船帆無風可吃，偌大的船身不停歇也不打轉，航向總是指向北方。

如果麥哲倫遇見臺灣，他將在黑潮的推送下，沿著東海岸向北巡行，穿越臺東與綠島、蘭嶼間的海面，經過石梯港，看見花蓮溪的洄瀾，讚嘆七星潭完美的弧灣。船隊一過立霧溪口，就會看見清水斷崖，誰能忽視那一片綿延四蔔浬的插天絕壁？

一五四四年，葡萄牙商船從馬六甲航向日本，途經臺灣東岸，水手在航海日記上寫下 Ilha Formosa。如果麥哲倫是遇見臺灣的歐洲第一人，這位不久前成功橫渡太平洋的葡萄牙探險家，會不會早在一五二一年的夏天，太平洋剛剛有了名字時，順便為我們的島嶼取名，而且同樣叫做 Formosa？

麥哲倫之後，歐洲更急於探索，船隻伸出熱切的觸角，製圖師更加忙碌，他們在紙上經緯大陸，在銅版上蝕刻島嶼，將一筆一劃填進未知的空白。繁忙的工作關乎世界的形狀，製圖師夜以繼日，在油燈的光暈中編織與燈光同樣朦朧的世界的容貌，以日益凹陷的臉頰和深重的皺紋換取世界的輪廓。

繪圖師來自各地，葡萄牙、荷蘭、比利時、英格蘭、法蘭西……，Luis Jorge de Barbuda、Abraham Ortelius、Jodocus Hondius 父子、John Blaue、Alexis-Hubert Jaillot、J. van Keulen……，他們是畫家、耶穌會教士、出版商……，他們熱愛且擅長繪製地圖。一五五四年，葡萄牙製圖師歐蒙（Lopo Homem）畫了一幅有臺灣島的世界地圖，臺灣從此進入歐洲的視野。

杜拉多（Fernão Vaz Dourado）也是葡萄牙籍製圖師，更是同業裡的佼佼者。他在一五六八年完成〈東亞地圖〉，把臺灣畫成三座獨立島；五年後，杜拉多舊圖新繪，臺灣仍舊「分崩離析」。

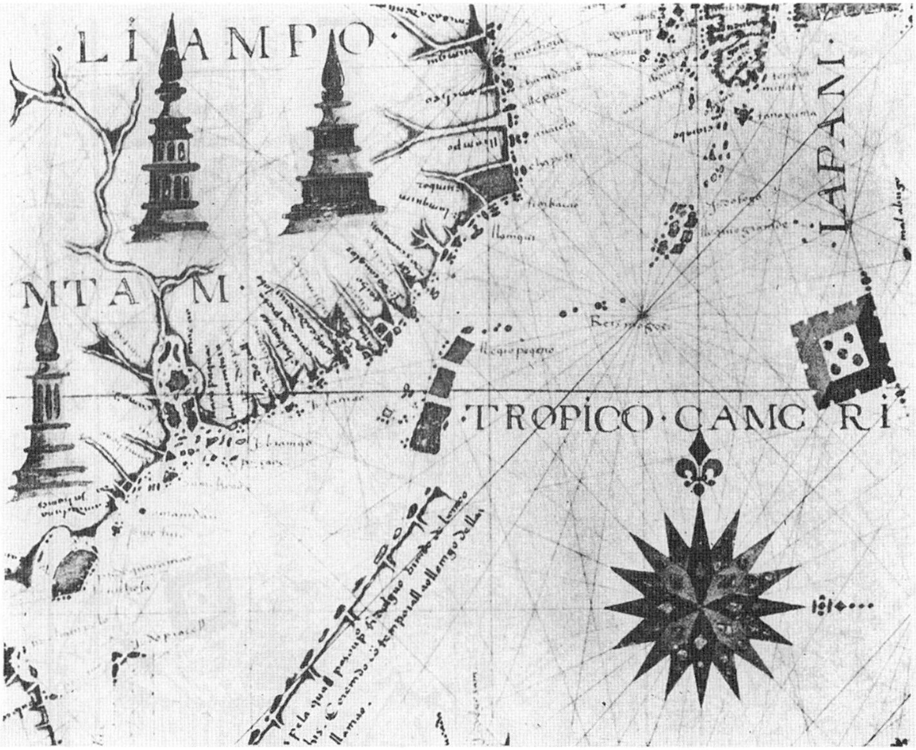

東亞地圖

葡萄牙製圖師杜拉多（F. Vaz Dourado）是同業中的佼佼者，

在他的筆下臺灣是三座獨立的小島。

（來源／中央研究院民族所數位典藏）

姑且將〈東亞地圖〉裡的「福爾摩沙三島」稱為「北島、中島、南島」，北回歸線明顯地劃過中島下半部，拿現代地圖一對照，不禁令人猜疑中央山脈兩側的幾條大河川就是臺灣一分為三的原因。北島中島之間的海峽大概是立霧溪和大甲溪，而隔開中島南島的可能是秀姑巒溪和濁水溪。

寬闊的河口遠望如汪洋，桅杆之頂的觀測手或許因此錯看了島嶼的形狀。此後，歐洲海圖裡的福爾摩沙島形狀不一，而且經常與琉球混淆，或被當成琉球群島的一分子，直到一六二五年。

十七世紀初葉，荷蘭從巴達維亞城派遣艦隊航向中國，打算突破葡萄牙和西班牙與中國的密切關係，能與中國自由通商。一六二二年，西班牙人到 Turuboan 採金，就在那一年夏天，荷蘭在澳門向葡萄牙發動攻擊。這場戰事像一場西北雨，很快就落幕了，荷蘭大敗，拿著敵營的海圖，航向澎湖和陌生的臺灣。

一六二五年春天，荷蘭派遣高級舵手諾得洛斯（Jacob Ijsbrandtsz Noordeloos）率領北港號和新港號兩艘中國戎克船，從臺南出發環繞臺灣一周，二十多天後，北港號順利完成任務。諾得洛斯並未登陸，僅從海上測繪畫成了〈北港圖〉，這是世界第一張臺灣島圖，雖然島嶼嚴重變形，但確定福爾摩沙島是一座完整獨立的島嶼，過去把福爾摩沙島畫成三座相鄰小島，或者說在福爾摩沙島附近另外畫了兩座大小差不多的島嶼，根本錯得離譜。

諾得洛斯的環島之旅還讓荷蘭得知東臺灣山高谷深，沒有合適的港口，不是建立據點的好地方。不過這並未使荷蘭對東臺灣死心，他們發現原住民的飾物綴有黃金，而原住民尚未和外邦人做起生意，所以他們身上的黃金顯然不是進口貨，而是當地產物。此外，荷蘭

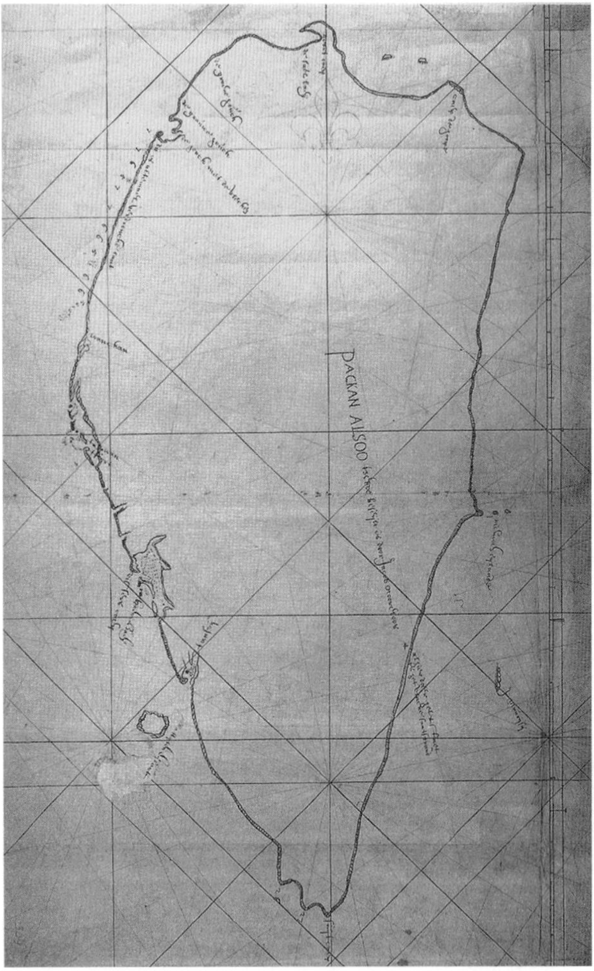

北港圖

荷蘭高級舵手諾得洛斯（J. I. Noordeloos）奉命率領兩艘戎克船環繞臺灣一周，從海上測繪畫成「北港圖」，雖然嚴重變形，但確定福爾摩沙島是一座完整獨立的島嶼。

（來源／中央研究院民族所數位典藏）

人想必也聽聞了種種關於臺灣東岸的黃金傳說。

十八世紀初年，康熙皇帝諭令耶穌會教士前往全國各地，以科學方法測量中國，繪成中國第一部有經緯線的地圖集，也就是著名的〈皇輿全覽圖〉。一七一四年春夏之交，馮秉正與雷孝思、德瑪諾三名耶穌會士從金門料羅出發，經澎湖於安平港登陸。

馮秉正一行抵達臺灣府時，受到地方官吏熱烈的歡迎，並且有機會好好視察臺灣。他們把臺灣島分成東邊和西邊，只有西邊才屬於中國，東邊是荒山野地，居住其上的原住民「與美國的野番大同小異，但沒有易洛魁人那麼粗暴，比印第安人還純潔。他們的天性溫柔和平，彼此相親相愛，相互扶持，不追求個人利益，不重視金銀，但報復心太重，不知法律、政府、警察、宗教為何物」。

馮秉正承認那是中國人的說法，而中國人和他們毫無往來，所以他不敢保證那樣描述對不對。他還提到漢人為了黃金一度考慮開發東部，原住民因此遭到殺害，他認為那根本是「心懷不軌」。

馮秉正等人從頭到尾只關心臺灣西半部，在滿清官員陪同下，他負責南臺灣的測繪工作，雷、德二位負責北臺灣。他們描繪的臺灣西岸輪廓更詳細了，儘管河流、地名有些不一樣，卻是全新踏勘的成果。東海岸就令人搖頭了，馮秉正認為山脈另一邊並非王土，所以「皇輿」不必「全覽」，不必花力氣走一趟，而是憑著想像和不見得可靠的傳聞，創造了臺灣的東海岸。

後來馮秉正寫了一封長達八十五頁的信件回歐洲，描述在臺所見所聞。諸如此類來自東方的第一手資料立刻成為描繪東亞地圖時最新最重要的依據，而這應該使得後來的製圖師十分苦惱，他們不知道如何描繪這座遠東美麗之島的東部海岸。

杜赫德神父（Jean-Baptiste Du Halde）沒來過亞洲，但他是十八世紀歐洲著名的漢學家。一七三五年，他出版了《中華帝國全志》（DESCRIPTION DE LA CHINE），轟動歐洲，被譽為「法國漢學三大奠基作之一」。《中華帝國全志》有一幅〈福建省圖〉，畫面右下方——也就是福建省東南方——有一座不小的島嶼，圖中地名如Fong-chan-hien（鳳山縣）、Nganpinching（安平鎮）、Ta-kia-chi（大甲溪）……，一看就知道是臺灣，可是為什麼整座島看起來像一支過度彎曲的鵝毛筆？

〈福建省圖〉的製圖師把最後一筆落在高聳的中央山脈，也許他曾盯著空白的臺灣東部，搔頭抓惱想著下一筆。在反覆推敲琢磨後，他決定不讓島嶼的東半部出現在地圖裡，於是〈福建省圖〉裡的臺灣沒有東半部。耶穌會教士很可能就是臺灣島畸形的元兇，他

福建省與臺灣圖

杜赫德神父（J. B. Du Halde）的力作《中華帝國全志》收錄了「福建省與臺灣圖」，此圖是根據耶穌會教士馮秉正等人的觀察記錄繪製而成。馮秉正認為臺灣東部並非中國領土，因此履勘成果只限西部，由於耶穌會教士頗具影響力，西方人後來對臺灣東部的刻板印象就是蠻荒無主。圖中的臺灣島猶如一支過度彎曲的鵝毛筆，或許製圖師不知如何下筆，苦惱之餘，大山以東只好硬生生捨去。

（來源／國立臺灣歷史博物館）

們讓十八世紀歐洲視野裡的中華帝國一度不包括花蓮。

法國第一位海軍海圖工程師貝林（Jacques-Nicolas Bellin）是水文地理學家，也是皇家製圖師與皇家學會會員。他畫過好幾幅〈福爾摩沙島與中國沿海局部圖〉（L'ISLE FORMOSE ET PARTIES DES COSTES DE LA CHINE），另外他在一七六三年還畫了一幅〈中國海岸之福爾摩沙島圖〉（CARTE DE L'ISLE FORMOSE Aux Costes de la Chine）。

貝林當然參考了耶穌會士和法國航海測量師的測繪，他發現福爾摩沙島西岸資料豐富，東岸卻蒼白貧乏。最後他可能決定不打迷糊仗，乾脆張開想像的翅膀，在美麗的遠東島嶼上空盡情翱翔。

貝林異想天開——也可能得自義大利製圖師柯羅內里（Vincenzo Mario Coronelli）一六九六年〈中國東部圖〉（Parte Orientale della

China）的啟發——將立霧溪、花蓮溪和秀姑巒溪當成分割花東縱谷與奇萊平原的條狀內海。

在這一系列地圖裡，花蓮彷彿經歷了驚天大地震，劫後餘生，裂做三座南北相接的小島，像三隻孱弱的小雞，又像三個挨了揍的無賴，緊緊貼著福爾摩沙島。

「三島至少是新鮮的布局吧。」貝林可能一邊畫一邊這麼想，他的美麗島是十八世紀西海岸與十七世紀東海岸的奇異組合，這意味著在他的時代，歐洲對臺灣東岸認識有限，不比一百年前的荷蘭人更高明。或許他考量的是：

福爾摩沙雖然是一座完整的島嶼，中央有高大的山脈，但島嶼內部仍屬未知（L'interieur de cette Isle n'est pas connue.[5]），山脈

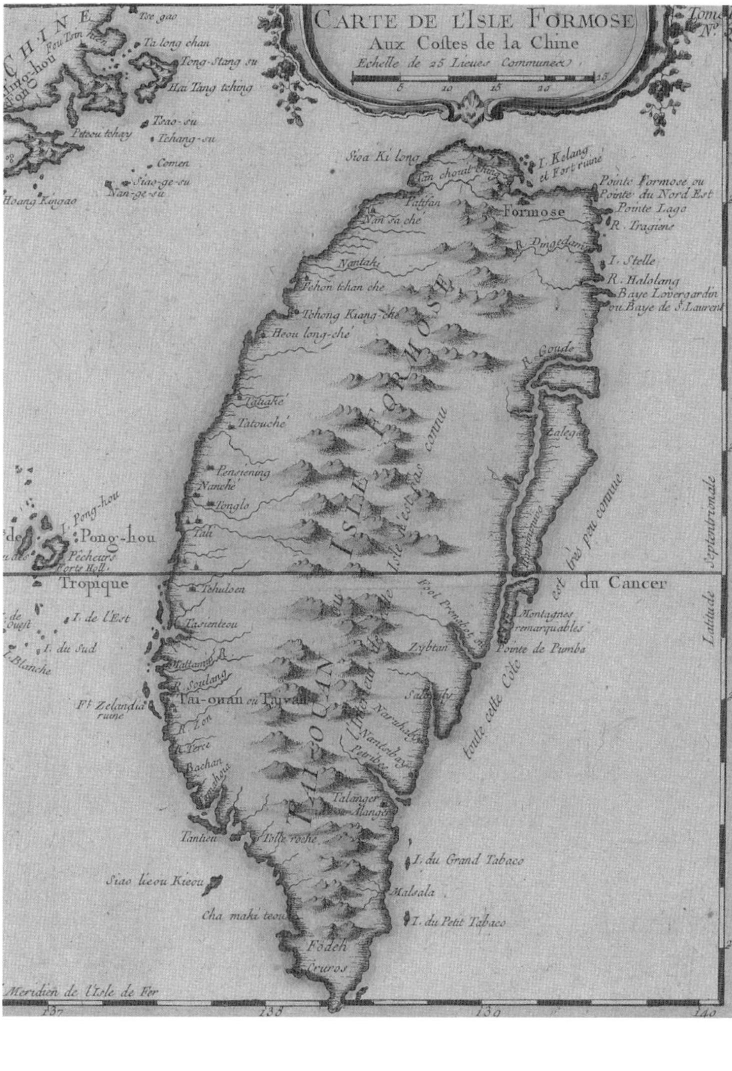

中國海岸之福爾摩沙島圖

貝林（J. N. Bellin）畫過好幾幅「福爾摩沙島與中國沿海局部圖」和「中國海岸之福爾摩沙島圖」，他異想天開將立霧溪、花蓮溪和秀姑巒溪當成內海。在這一系列地圖裡，花蓮彷彿經歷了驚天大地震，裂成三座小島，像三隻孱弱的小雞緊貼著臺灣島。

（來源／國立臺灣歷史博物館）

以東應該有平地，接著才是沒入太平洋的海岸線。我的地圖不能跟〈福建省圖〉一樣，一刀削去東半部，無奈缺乏足夠的資料，只好委屈東海岸停留在荷蘭時代，地名沿用一百年前荷蘭探金留下的紀錄，如 R. Goude。

貝林在「三島」右方下了註記。一七三〇年，他以幾乎比地名還細小的法文寫著：Toute cette coste est très peu connue.，情況似乎比島嶼中央地帶的深山好些。在一七六〇年版的地圖上，他在法文註解旁另外添上一行意思相同的荷蘭文：Deeze gantse kust is weinig bekend.。

身為法蘭西最具聲望的製圖師之一，貝林會不會因無法清楚明確地描出一座遠東島嶼的海岸線，以至於心虛到不得不拉著荷蘭人作陪，吞吞吐吐地說：此處海岸所知甚少？

貝林先生，容我致最高的敬意。您必定不知道，花蓮像個年輕的村姑，內向少話，其實沒那麼渴望被理解。不必擔心，不必掛意，更不要感到歉疚，儘管您對我們的海岸所知甚少。

對了，您那三顆小島其實很有意思，像隱喻，更像預言。

5 L'interieur de cette Isle n'est pas connue，法文，意指「此島嶼內陸一無所知」。

製圖師的預言

中央山脈又長又高，清水斷崖絕險難行，讓花蓮有了「準局外之地」的氣質，與臺灣島若即若離，如同古地圖裡的東岸三島。

製圖師彷彿擁有某種洞見，對此我們不得不感到驚訝，但海岸山脈本來就是漂移的海島，它是菲律賓海板塊前緣向西的島弧，呂宋島弧的成員之一。

中新世早期，古南海板塊向東南隱沒於菲律賓海板塊之下。當板塊深入地底約一百公里時，開始融化為岩漿，熾熱的岩漿竄上菲律賓海板塊，形成一系列火山島，從菲律賓呂宋島向北延伸，這些火山島由安山岩質島弧岩漿凝結而成，其中最北的那座就是海岸山脈的前身。

上新世早期，菲律賓海板塊開始向西北漂移，在更新世達到高峰，這些火山島弧一群一群地撞擊歐亞大陸板塊，使得亞洲大陸東

清水斷崖

面對清水斷崖，似乎從來沒有「雄壯、壯麗」之外的形容詞，也沒有人不感到敬畏。或許在「有知的世界」中，清水斷崖確實如古里馬所說是「最高的海崖」。

（攝影／黃銘仲）

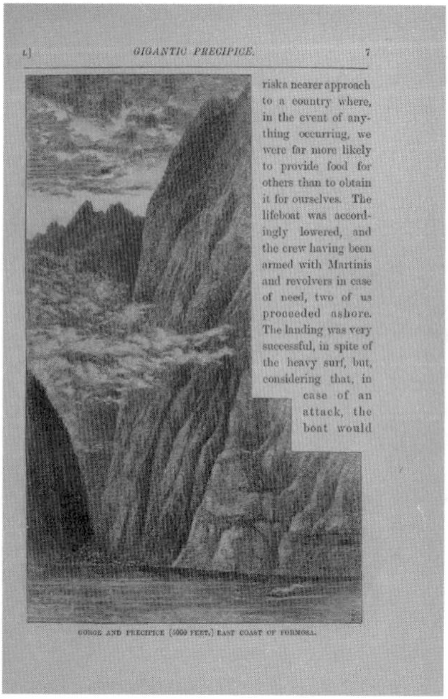
I.] GIGANTIC PRECIPICE. 7

risk a nearer approach to a country where, in the event of anything occurring, we were far more likely to provide food for others than to obtain it for ourselves. The lifeboat was accordingly lowered, and the crew having been armed with Martinis and revolvers in case of need, two of us proceeded ashore. The landing was very successful, in spite of the heavy surf, but, considering that, in case of an attack, the boat would

GORGE AND PRECIPICE (5000 FEET,) EAST COAST OF FORMOSA.

福爾摩沙島東海岸的峽谷與絕壁

Gorge and Precipice (5000 Feet,) East Coast of Formasa

一八八二年，英國生物地理家古里馬（F. H. H. Guillemard）乘船沿著臺灣東海岸由南而北航行，當他看見清水斷崖時大為震驚，不相信世上竟有這樣的海崖，他說：

Higher and higher the misty curtain lifted, now hiding, now disclosing peak and pinnacle and gorge. Broader and broader grew the line of rosy light, thinner and brighter the veil of cloud. Day had conquered night, and, at last, distinct and clear, save where, half way up its face, a thin long line of snow-white cloud hung otionless, the highest sea precipice in the known world lay unveiled before our eyes. It was superb.—— by

霧帷越來越高，時而隱藏、時而露出山峰、山頂與峽谷。玫瑰色的陽光越來越寬闊，刷出淺薄、光亮的雲層面。白日早已掃除黑夜，最後，山巒清楚而顯著。一群長薄而雪白的雲靜靜地懸浮、滯留在半空，遮住山巒的面貌。在有知的世界中，最高的海崖就在我們眼前揭開面貌，它是壯麗的。（劉克襄譯）

古里馬在書裡留下一幅清水斷崖的素描。或許對絕壁的偉岸印象太深刻，以至於古里馬把斷崖畫得過於陡峻，但失真的比例恰好證明清水斷崖引發了何等劇烈的視覺衝擊。畫裡的船影十分渺小，船上豎有兩支桅杆，或許就是雙桅帆船馬卻沙號。那天的海十分平靜，成片的湛藍在古里馬筆下化成一條條斷斷續續的橫線，彷彿毫無波動。孤船在如鏡的海上浮著，海面上隱約映著船影，而兩支桅杆的倒影則和海面的橫線彼此交疊。

（引自英國生物地理學家古里馬《馬卻沙號至堪察加及新幾內亞巡航記：含福爾摩沙、琉球及馬來各島的評述》）

南緣快速隆起，擠出高大的中央山脈，海岸山脈逐漸貼近中央山脈，最後緊密相連——儘管分屬兩個板塊，而兩山之間就是縱谷了。

海岸山脈是海底火山島拱起的山脈，四周被來自中央山脈河流堆積的深海沖積扇覆蓋，成為質地鬆軟的低矮丘陵。岩石愈堅硬，愈能抵抗侵蝕，所以海岸山脈一隆起，侵蝕作用啟動後，深海沉積岩形成的丘陵不堪侵蝕，留下昔日堅硬的火山島，成為高突的山脊。

秀姑巒溪是唯一切穿海岸山脈的河川，山脈以此分南北，北段在花蓮境內，從花蓮溪口的花蓮山起，山勢逐漸拔高，經賀田山、月眉山、六階鼻山、八里灣山、大奇山而抵秀姑巒溪，八里灣山是北段最高峰，海拔九二四公尺，一等三角點，遠望無礙。

在我們的島嶼之下，板塊的運動一直是現在進行式。海岸山脈從未停止升高，同一地的多重河階既是山脈持續隆起的結果，也是證據。秀姑巒溪貫穿海岸山脈，流經德武形成曲流，本來就強勁的下切作用因地殼隆起而更劇烈，加速侵蝕曲流北側的河岸，河道於是漸漸北移，而曲流南側的沉積坡卻步步高升，形成一系列高度由南而北遞降的「德武河階群」。

海岸山脈一直漂移。菲律賓海板塊以每年七公分的驚人速度靠近歐亞大陸板塊；海岸山脈是菲律賓海板塊的一份子，也以每年兩公分的速度朝西北方逼近中央山脈。這告訴我們，東海岸的流失不僅僅因為海浪的沖刷侵蝕。

精密的大地測量數據更告訴我們，海岸山脈南北兩段甚至彼此拉扯：光復以北的海岸山脈偏東十度朝北移動，緩慢脫離中央山脈；光復以南，海岸山脈同樣朝北，卻以偏西二十至三十度的角度逼近中央山脈。

海岸山脈南北兩段移動方向不一致，更全面的事實是，從古至今我們的島嶼無論任一面向都受到不一致的擠壓以致扭曲。

古早古早以前，南來的呂宋島弧劇烈撞擊古臺灣島，其中一部分與古臺灣島併合成為海岸山脈，佇立於太平洋濱。但呂宋島弧本來就是一串孤懸海中的火山島，脾性躁動。海岸山脈不忘天性，必須掙脫，繼續漂移。

或許這就是製圖師的預言。早在十七世紀貝林就以圖為喻，昭告了這一則關於漂流、關於連而不黏的預言。

Rio de Ouro

在花蓮還不是花蓮的年代，花蓮是個神秘、隱晦、僻遠的地方，「人雖能到，不服水土，生還者無幾。」古老的年代，遙遠的故事，像一幅剛剛從水中撈起的水彩畫，滴著水，色彩互相浸染，分不清紅藍綠。

直到荷蘭人踏上臺灣島。

臺灣島是巴達維亞的最後一個選項，荷蘭卻是臺灣全島面對的第一個外來政權。荷蘭人在臺灣島設置四個地方會議控制原住民，除了掃叭和觀音，花蓮的部落頭目根本沒去理會。荷蘭在臺灣搜刮了四十年，努力把觸角伸到卑南族領地，也曾摸索花蓮，他們聽聞對手西班牙說臺灣東岸有個地方叫「哆囉滿」，大理石峽谷間的河床上，金沙映光，閃閃發亮。

但花蓮最古老的名字其實是葡萄牙風的，透著蛋撻焦黃的色澤。

十六世紀初，有一隊葡萄牙水手從東南亞出發，船上滿載貨物，預定的航線是沿著臺灣東岸向北航行，中途可能停靠琉球，終點是鎖國前的日本。葡萄牙水手在黑潮推送下愉快地航行，有一天經過臺灣東海岸，在河口的溪床上發現沙金。他們把那一條從大理石峽谷奔流而出的溪流叫做 Rio de Ouro。

這一群水手一定聽過探險家巴爾德亞（Alfonso Goncalves Baldaya）的故事，才會把金光躍動的河流叫做 Rio de Ouro，那本來是巴爾德亞一四三五年在西非找到的產金之河。可惜巴爾德亞根本認錯目標，他渴望的黃金之河是中世紀起盛傳產金的塞內加爾河，而塞內加爾河還得往南走上五百哩。葡萄牙水手比巴爾德亞幸運，他們可沒搞錯，只要他們願意就能從匆匆瞥見的 Rio de Ouro 把黃金拾上船。

立霧溪口

荷蘭人從對手西班牙那兒聽說臺灣東岸有個地方叫「哆囉滿」，峽谷的河床上金沙映光，閃閃發亮。更早之前，葡萄牙水手航行經過花蓮北部海岸，意外地在立霧溪河口的溪床發現沙金，他們把這一條從大理石峽谷奔流而出的溪流稱為「金之河」，Rio de Ouro。

不久之後，太魯閣族從大山另一側攀上奇萊北峰，他們在某個清晨瞇著眼迎向東方的金光，或許看見的就是這樣的黎明這樣的立霧溪，那時他們並不知道立霧溪真的是一條黃金河。

（攝影／黃銘仲）

意外的發現被記錄在紙頁上，於是花蓮在文獻裡有了名字，利奧特愛魯，一個金光閃閃的名字。

「利奧特愛魯」以其字面涵義命運般暗示了這片土地的某些性格：珍貴、美麗、堅固、恆久，以及封閉、罕有、神秘、渺遠，無論葡萄牙、西班牙、荷蘭或鄭氏王朝，從來沒有任何當權者從利奧特愛魯發掘乃至獲取「真正的」黃金。

早在葡萄牙水手發現利奧特愛魯之前，哆囉滿人就在那兒淘金了，沒人知道他們怎麼稱呼那沈甸甸的黃色細沙，那是花蓮的史前時代。葡萄牙人、西班牙人或荷蘭人似乎都把心思用來探金、取金，不怎麼注意哆囉滿人如何看待黃金。稍稍為我們解疑開惑的是郁永河，他是一名愛玩好遊的中年滿清官員：

> 哆囉滿產金，淘沙出之，與雲南瓜子金相似；番人鎔成條，

藏巨甓中，客至，每開甓自炫，然不知所用。

《天工開物》說瓜子金就是碎金粒。哆囉滿人淘得的沙金想必十分細碎，不知得花上多少功夫，才有足夠的沙金好熔成金條，藏進大瓶子，以便客人上門時，趁機炫耀這如此罕有以至於如此耗費氣力卻徹底無用的奇物。

但那是一個只要躲颱風蹲地震的年代，時間多的是，哆囉滿人有用不完的時間去做任何有趣的事情，何況黃金的色澤如此華麗、誘人，不可能視而不見。

哆囉滿人知道黃金珍稀貴重，但似乎尚未將之當成真正的財富，除了獻寶，他們不知道那些很花力氣的黃色細沙還有什麼用途。有一天，哆囉滿人開竅了，學會把黃金「攜至雞籠、淡水易布」。

最初幾次交易可能是這樣的：由於哆囉滿人還不十分瞭解黃金

的價值，所以如同向客人炫耀般，他們大喇喇地從懷裡掏出金條，十足暴發戶模樣，販子們個個張口結舌，但不久就輪到哆囉滿人吃驚煩惱了，因為他們換得的布疋多到揹不動。

哆囉滿人見識到黃金的威力，或許該歸功於他們的北方朋友，馬賽人[6]。哆囉滿人是現代學術上廣義的馬賽人，但他們和馬賽人沒有血緣關係，也沒有文化上的聯繫。他們有自己的語言，但也講馬賽語，蘭陽平原的哆囉美遠人也講馬賽語。那時，馬賽語似乎是

6 馬賽人，至少在十六世紀末、十七世紀初時就居住在臺灣東北海岸至宜蘭一帶，他們是一支擅長「貿易」的特殊族群，也擅長農耕以外的各種謀生手段，捕魚、狩獵、曬鹽、製造弓箭、建造房舍、製造鐵器……。馬賽人活力充沛，四處遊走，在臺灣北部的族群交流中佔有重要的地位。他們也把馬賽語向外傳播，凡其足跡所至，幾乎人人會講馬賽語，包括哆囉滿人，假設十七世紀從淡水河到立霧溪這一帶有所謂的「普通話」，那必然非馬賽語莫屬。

臺灣史前時代花蓮以北至淡水一帶的「普通話」，但無論哆囉滿人或哆囉美遠人，他們與馬賽人的關係僅止於此。

真正的馬賽人盤據臺灣北部，以海為路，做生意的本領比耕田打獵好上百倍。大雞籠社人被西班牙人說成生性狡猾，村人多為工匠；天主教道明會士耶士基貝（Jacinto Esquivel）形容他們像遊牧民族，又像生意人，遊走於村落與村落間，為人修理房舍、弓箭和手斧，在產米的村落買米；偶爾捕魚、打獵，還會製鹽，製鹽自然是為了賣鹽。馬賽人靈活多變，只要是生意，沒有不能做的，包括黑心買賣和軍火交易，郁永河形容金包里社「人性巧智」，他們控制了部分硫磺礦區；西班牙人更指控金包里社有個村落打劫落難的船隻毫不手軟。

總之，馬賽人的營生跟多數習慣農耕漁獵的臺灣原住民不太一樣，他們見多識廣，哆囉滿人受其影響，不無可能。從馬賽人身上，哆囉滿人看見黃金除了用來誇耀自爽，還有意想不到的好處。

哆囉滿人與馬賽人既然互有往來，馬賽人又喜歡四處走動，因此，這樣的情景或許不難想像：

有一天，善於航海的馬賽人划著艋舺來到花蓮作客，才把船泊好上了岸，就看見他們的哆囉滿朋友蹲在河口岸邊或淺水處，拿著小盆，把河床裡的細沙挖進小盆，搖啊搖，過了一會兒，又把小盆裡的沙粒往一旁倒。

他們一再重覆那一整套動作，然後從小盆裡刮出一丁點東西，小心翼翼地倒進腳邊的小罐。哆囉滿人聚精會神地工作，馬賽人在一旁也看得十分入神，卻看不出個所以然。

哆囉滿人帶馬賽人進了屋，聊了幾句，便翻出黃澄澄的條狀物，熱切地展示。馬賽人抓了一條往嘴裡送，哆囉滿人大吃一驚，根本來不及警告那玩意兒只能看不能吃。

馬賽人輕輕咬了咬，隨即兩眼發亮。「兄弟，這是……」他試著探問。

哆囉滿人一臉得意，笑著回答：「沒見過吧？這是我從溪裡挑出來的黃色沙子，這種沙子不太耐熱，前一陣子我才把一大罐黃沙熔成這幾條短棍子。剛剛你在外頭看到的那些人都是在收集這玩意兒。這光芒，真美啊，是吧？哈——哈——」

「這叫黃金。」馬賽人說：「有了這個，要什麼有什麼。」

「黃金？」哆囉滿人語帶不爽，他對這個陌生的馬賽詞彙有點感冒，心裡嘀咕：為什麼他們懂的總是比我們多？

「可以換東西？」哆囉滿人滿心懷疑。

「要什麼有什麼。」馬賽人重覆一遍，然後起身，說：「走吧，來去臺北。別忘了帶上金條。」哆囉滿人還忙著收拾行李，馬賽人已經拎起包袱走出大門了。

他決定放棄三天兩夜的愜意花蓮行，沒什麼比生意更重要，哆囉滿人這一筆尤其是天大的生意。

一六九五年冬天，福建榕城火藥庫失火，庫藏火藥付之一炬，朝廷要求福州府自負其責，也就是說必須自行補足燒燬的火藥，但五十萬斤火藥是天量，偏偏福建又不產硫，幾經商討，眾人決議前往臺灣採硫。

郁永河嗜遊成性，從外地來到福建短短幾年就玩遍八閩，對臺灣這片全新的領土當然大感興趣，只是苦無機會一遊。如今天賜機緣，怎容錯失？於是自告奮勇，請纓使臺。一六九六年春，郁永河從廈門出發，不管東北季風仍猛烈，黑水溝正險惡，前後花了大約十天抵達臺南，買了採礦工具，招了幾十個工人，搭上牛車一路晃到臺北，正要動手辦事，卻發現硫磺產區的地頭是馬賽人，他不得不雇了幾個當地人充當幫手，好讓正事辦起來方便些。

採硫期間，郁永河可能看見遠道前去馬賽地盤交易的哆囉滿人，他說哆囉滿人以金易物乃「近歲始有」。他的描述和事實可能有些差距，早在十六世紀，往來東方的西班牙船隊已耳聞福爾摩沙島的黃金傳說；西班牙盤據北臺灣時，傳教士四處傳教，早在那時就從番社聽聞許多關於黃金的消息，獲知產金之地是臺灣東部一個叫Turuboan的部落；而土著不辭遠路，經常往返北臺灣的金包里社，不但與馬賽人交易，也把黃金賣給漢人。

荷蘭在南臺灣的勢力逐漸鞏固之後，常常聽原住民說起東海岸的黃金，他們對這個說法表達了莫大的關注。在巴達維亞強力遙控下，荷蘭人終於在一六三八年派遣三艘戎克船，載著一百三十名士兵，從臺南出發繞過恆春，再往北航向東海岸。果然，他們從當地原住民口中獲知東海岸真的有一條黃金河，於是更加賣力地探尋。他們在東海岸橫衝直撞，觸犯了佔領北臺灣的西班牙，雙方鬧得不太愉快，荷蘭一不做二不休，乾脆把西班牙人趕走，接著便毫無顧忌地發動探金之旅。

一六四三年春夏之交，探金隊抵達傳說中的產金地哆囉滿。五月三日，隊長 Pieter Boon 召集哆囉滿社的頭目和重要人物，要求告知產金之地。哆囉滿人說他們大部分的黃金都是在八月採到的，那時常常颳強風下大雨，在大風暴雨河水急流海水又倒灌後，海灘上會留下漂亮的黃沙。

哆囉滿人知道那些沙子是山上沖下來的，不過他們不敢貿然進山，山高險阻，不但難走，還有野蠻的森林野人。他們透露哆囉滿北邊有個村社，那裡的黃金比較大顆，如豆子般大小，也有半個指頭那麼大的，極可能是當地村民冒險從山裡挖得的。

這不是令人高興滿意的情報。荷蘭多次往返踏勘，卻因地形險惡，補給困難，山區氣候多變，逼得探金隊不得不撤退，卻仍探不出黃金密藏何地。荷蘭大軍壓境，來意不善，哆囉滿人感受到了，必定有所警戒，自然不可能推心置腹，據實以告。另一方面，荷蘭人眼中未開化的原住民和使叉持箸的文明人一樣，已經明白黃金是珍稀貴重的寶物了。

原住民不但可能知道產金之地，而且早就學會用黃金來買賣，他們交易的方式之一跟山一樣沉默，不必溝通，只要等待。他們把黃金留在某個地方，然後默默離開；另一方將欲交換的物品如布料或衣物放在同一處，一樣默默離去。當他們再次出現，若認為值得交換，便帶走等待交換的物品，否則攜回黃金；一段時間後，交易者會回去取走黃金或帶回留在原地的物品。

「沉默交易」，沒有語言，沒有寒暄，沒有狡詐哄抬，沒有殺價討價，純樸而安靜。

鄭成功也曾派人至哆囉滿，使者遇到部落長老，長老斷言凡採金者，必遭遇大事故。他說：「日本人最早來採金，被紅毛人趕走；紅毛人來採金，被你們國姓爺趕走。如今國姓爺也這麼幹，鄭氏王朝怎麼可能安然無事呢？」隔年清廷果然肅清了鄭氏這個東南大患。

這是范咸一七四四年纂輯《重修臺灣府志》引《臺灣志略》引陳小崖〈外紀〉所言，轉手再轉手的文獻，真假頗為可疑。但哆囉滿人世居利奧特愛魯，望著金沙日夜流逝不可盡得，也目睹陌生人懷抱貪婪之心來來去去，所以，這一則可能純屬杜撰的預言或許可以看成哆囉滿人的世故與練達。

哆囉滿男子若擅長游泳泅水，便冒著冰寒潛進溪裡，火速拾起水底豆點大小的金粒；而婦女耐著性子蹲在水邊，慢慢淘汰那些跟著金沙一起從深山順流而下的砂粒。

如果這就是長久以來哆囉滿人採金的方式，那麼，他們將再也無法隨心所欲潛進利奧特愛魯拾金，無法在颱風肆虐後轉晴的瞬間相邀來到利奧特愛魯的岸邊，淘選瑣碎散布卻令人心馳神迷的金沙了。

荷蘭探金隊一六四三年來到部落卻一無所獲時，正是哆囉滿人即將遠離利奧特愛魯之際。剽悍的太魯閣族已深入島嶼山脈深處，他們攀上高峰，在某個清晨迎接來自大山另一邊的日出，看見蔥籠翠綠的森林近乎無邊地向海綿延，翻越那座他們稱為 klbiyun 的聖山，從托博闊溪下立霧溪，一路往東，部落一個又一個誕生於山坳或河階之上，從上游到下游。

太魯閣族將盤據峽谷與溪水，他們一步一步邁向出海口。哆囉滿與利奧特愛魯的時代即將結束，金之河的下一個名字是「得其黎[7]」。

7 Takili，太魯閣族語，「魚產甚多」之意，即今花蓮縣秀林鄉崇德村。清同治十三年，羅大春開北路至此譯作「得其黎」。「得其黎溪」即立霧溪。

無論太魯閣族是不是哆囉滿人指稱的「野蠻的森林野人」，他們的腳步聲的確愈來愈響亮，剛健、勇猛、果敢。

哆囉滿人選擇交出一切，遠離利奧特愛魯，躲進北方友族哆囉美遠人的羽翼。這是一次沉默而嚴苛的交易，哆囉滿人交出利奧特愛魯，並且遺落自己的名字。

Klbiyun[8]

在「中國海岸之福爾摩沙島圖」裡，花蓮海岸分裂成三座小島，南北相接，中隔狹窄水域，兩兩相看，也與福爾摩沙島東西對望。值得注意的是，製圖師貝林可能是第一個正確標示金之河位置的製圖師。

貝林繼柯羅內里之後荒謬描繪了臺灣的東海岸，如今看來如同一則隱喻，甚至預言，十分貼近現實生活中的某些情境，譬如花蓮不但與臺灣若即若離，境內也分北中南。

如果將貝林筆下的「東岸三島」稱為北島、中島與南島，劃過中島下緣的紅線是北回歸線，那麼中島、南島之間的海峽顯然是秀姑巒溪，而隔開北島與中島的就是花蓮溪了。若將此圖疊合現代地圖，我們將發現北島與福爾摩沙島之間的水域應該是立霧溪——也就是利奧特愛魯或得其黎溪，貝林在此標註荷文R. Goude，意指「金之河」。

就在「中國海岸之福爾摩沙島圖」出版前一年，荷蘭人離開臺灣，哆囉滿人不再受紅毛人騷擾，但太魯閣族大概也已離開故鄉踏上東遷之路了。他們翻越中央山脈，前往木瓜溪或深入陶塞溪，更多族人選擇托博闊溪，沿著溪谷，如溪水般匯入得其黎溪，流向太平洋。

那是三、四百年前的故事。傳說太魯閣族乘舟自海上來，在西部海岸登陸，生活了一陣子，和平埔族處得不很愉快，偏偏人單勢弱，慘遭驅逐追殺，只好放棄平野，進入臺灣中部的山區，從淺山到深山，從 Ayran[9] 到 Truku Truwan[10]，近二十次集體移居，足夠寫成一部自西徂東的龐大遷移史，但不能就此停筆。

族人在「Truku Truwan 孕生「集體的歷史記憶」，開始累積「共同的生活經驗」。Truku Truwan 的「平台」之意似乎是平靜日子的隱喻，生活在綠色山林裡像「綠色」那樣展開，冷靜、平和、素樸。他們生命力旺盛，如樹木的生長。子孫繁衍，人口多了，部落愈來愈擁擠，獵人需要更豐饒的獵場，每一個人都需要更寬闊的生活空間。

太魯閣族獵人常常深入中央山脈的奇萊山區，他們發現黑夜之後的天空是從他們尚未翻越的山脈另一邊開始亮起來的。

那裡才是前方吧，陽光升起之地。去看看吧。

於是獵人穿越密林，如往常般進入深山。他們在一幅巨大的斷崖前停下腳步，斷崖陡峭如射日傳說中勇士舉弓向日的角度，他們知道山壁另一面必有族人渴望的事物。

必須爬上去，看一看。

陡崖需要一點時間克服，獵人打算隔天一早再出發攀登。他們在林緣找到一片空地，生起營火，胡亂填了肚子。沒什麼心思吃東

---

8 Klbiyun，太魯閣族語，聖山，即奇萊山北峰，海拔三六〇七公尺。在太魯閣族的遷移史中，Klbiyun 是先祖翻過中央山脈的越嶺點，他們在 Klbiyun 看見東方刺眼的陽光。

9 Ayran，今埔里西方的愛蘭。

10 Truku Truwan，今南投縣平生部落。太魯閣族稱自己的起源地為 Truku Truwan，Truwan 是指「原居地」。

奇萊連峰

大約三百年前，太魯閣族深入島嶼山脈深處，他們攀上高峰，在某個清晨迎接來自大山另一邊的日出。在短暫的目眩後，他們眺向未知的東方，看見蔥籠翠綠的森林向海綿延而去，大山另一邊是全新的世界。圖中前景的大山頭為合歡東峰，遠方的連稜是美麗而危險的奇萊連峰，奇萊主峰覆雪在右，左方積雪的則是太魯閣族的聖山奇萊北峰，Klbiyun。（攝影／黃銘仲）

西，滿腦子都是紮營前看見的插天高峰。他們圍著營火取暖，聊獵物，山羊、水鹿、山羌、飛鼠……，聊未來，猜測山後的風景。

話語愈來愈少，有人睡著了。四周愈來愈安靜，不知道什麼時候森林裡只剩下冷澀的風聲和溫度。林間好像有些動靜，但此時並非獵季，他們不在獵季之外追捕。有人仍醒著，他們的視線穿越跳動的火光，望出森林，夜幕深重，火光照不亮森林外似乎隨時可能有岩塊崩落的陡崖。

營火將熄未熄，灰燼裹著燒紅的材心，火光時亮時暗，為了趕在天亮前爬上峰頂，獵人動身出發。天色仍昏暗，雲霧飄飛飆颺，像絲絮般雜散在高空中。

獵人精悍健走，馳騁山林，但面對這一座剛猛的大山，他們費了不少力氣。峰頂是東西南北四面斷崖接合處，他們環顧四望，原來北、西、南三面都是斷崖，岩壁陡峭，不生草木，東坡稍微緩和，沒有尖銳的岩稜，沒有破碎的石塊，不像猙獰的西坡。

啊——

獵人在自己的驚嘆聲裡看見箭竹地毯往東方山谷鋪去，接上茂密的森林。深鬱的森林在幽微的晨光中如同一匹黑沉的隱身布，遮掩了山稜的走勢；濃重的雲海盤繞於山肩，山頭像一座又一座孤懸的島嶼。天光漸起，獵人看見筆直的樹木，彷彿自地心鑽出插向天空。

忽然間，雲海盡處露出耀眼的星芒，日頭爬升得很快。天亮了，獵人這才看見海，那裡才是太陽飄升浮向天空的起點，晨曦映向海面，金光刺亮，他們必須 Sklabi qmita —— 瞇眼眺望，謙卑地縮小視野，慢慢地、謹慎地張開眼睛：

Klbiyun!

在謙卑的視野中，他們眺向未知的東方，迎接從未見過的耀眼陽光。在短暫目眩後，他們發現山的另一邊是另一個世界，平野狹窄，不像傳說中祖先輾轉入山前居住的西部平原那樣廣闊，放眼所見，山陵廣布，而盡處就是海。

Klbiyun 很高，但離海不遠，從山頂下去，大概兩、三天就能遇見海。風從東方海面吹上山頭，他們用力呼吸，吸得很深很深，味道不太一樣，清冷中有微微的鹹鮮，這意味著鹽不再遙不可及，儘管鹽仍將是珍貴的物資。森林豐美，所有的綠色在朝陽下染成金黃，獵人彷彿覷見奔走於林間葉隙的鳥獸，它們的毛皮也染上點點金斑，宛如黃金聖獸。稜線蜿蜒錯綜，溪谷深不見底，河階高低四散，透露了即將安居的所在。

前方向陽，正是我們要去的地方。

太魯閣族以家族為單位，陸續告別 Truku Truwan，男人帶領妻子兒女，背上竹筐藤簍，展開東方之行。到達 Klbiyun 前，路途遙遠，必須穿越森林和草原，他們沒有心思觀賞美麗壯闊的風景，離鄉背井不是一件可以輕易放下輕易忘記的事情，總是像森林裡的松蘿，揪成一團，掛在枝頭，即便乾枯了仍不死心地纏著繞著。

在森林中和草原上，隊伍像移動的虛線，他們必須忍受幾個露宿的夜晚，山區涼冷，無論冬夏，入夜後的氣溫幾乎是凍寒。他們生火，在林中遮風處或勉強可以避雨的石洞中過夜。白天他們趕路，Klbiyun 山區稜脈複雜，走向彎扭如 S 形，支稜又紛亂交錯，飽含水氣的風一吹來，風向不定，雲霧繚繞，變幻莫測，經常十步以外就是濛濛茫茫。

終於來到 Klbiyun，一夥人抬頭望著陡峭的岩壁，尚未過午，面西的岩壁逆光，像一個寡歡而暴躁的國王，又像一個陰暗的黑洞，每走近一步便彷彿又掉落一寸。帶頭的勇士鼓勵老老少少，他說：

疑慮恐懼是免不了的，但大家不都認為這是一條回不了頭的路嗎？只有向前，才可能找到跟天空一樣大的獵場，才有寬敞的山坡讓我們放火，用祖先的方式焚山種小米。不能後退，向前走，爬上 Klbiyun，翻過 Klbiyun，祖靈正看著。

岩塊偶爾崩落，滾下斷崖，硿礱聲在山與山之間迴盪。有人不慎跌倒，有人傷了手腳，擦破了皮，滲出血絲，所幸都是小創小傷。汗水從崖腳一路濕到峰頂，風颼得很猛，呼呼響，早前望見的雲海已散開，雲絮正快速飄移。

所有成員都平安爬上山頂，他們即將成為最早抵達花蓮的太魯閣族人。領頭的勇士舉起竹杖指向溪谷，眾人的目光順著竹杖落在前方的溪谷。他們沒有歇太久，就往東北方的溪谷下切，這一段路不遠，再過幾個小時，他們將為在東邊遇見的第一條溪流取名「托博闊」，然後他們會決定部落的位置，建立一個叫「托博闊」的部落。

Klalay Teyhu 是第一個帶領家族翻越 Klbiyun 的太魯閣族勇士，時當十六世紀末葉，他前進的方向正是哆囉滿人的居住地，他不認識哆囉滿的朋友，不知道他們安居在立霧溪下游的沖積平野，不知道他們在暴風雨後淘沙取金，更不會知道他的族人不久後令哆囉滿人面臨了存亡大關。

如果麥哲倫等人是海洋探險家，那麼 Klalay Teyhu 就是福爾摩沙島奇萊山區的森林冒險家。他把一家老小從 Truku Truwan 帶到立霧溪流域，在離 Klbiyun 不遠的溪谷定居落戶。Tpuqu，初到之地。Klalay Teyhu 的子孫後來各自拓展了大山以東的生活天地，建立 Tpuqu、Lupi、Sumiq、Branaw、Slaq、Slapaw 這幾個部落，自稱 Seejiq Tpuqu，初到之人。

托博闊溪是立霧溪的源頭之一，托博闊是太魯閣族在立霧溪流

遠眺奇萊積雪

從木瓜溪看上去，正是奇萊能高一帶，從溪畔的銅門部落往山裡去正是日治三大越嶺道之一的能高越。若逢冬日氣溫低寒水氣充足，途經台九線木瓜溪橋便能望見中央山脈主稜白雪覆頂的美景。（攝影／黃銘仲）

域最西邊的部落，東遷家族必經之地，是太魯閣族向外拓展的開端，也是後來日軍西路進攻太魯閣的第一個戰場。

在太魯閣族東遷三、四百年後某日，當我們在奇萊主峰北峰叉路口選擇北行，走過最後一段草坡，踏上瘦稜，陡攀最後幾十公尺亂石，繞過一塊突出的巨岩，終於登抵峰頂時，雲湧四方，飆風呼呼吹掠，我們年輕的太魯閣族朋友抽出山刀高舉向天。他與第一個翻越 Klbiyun 的太魯閣族獵人一樣年輕或一樣年老，臉上刻著太魯閣族才有的堅毅線條，露出太魯閣族人才有的靦腆笑容。我們聽見一連串母音串成的歌聲發自他粗嘎的喉嗓，看見他在冷雨中舞動身軀：

十指握拳，右臂齊胸，左手背繞於腰，兩膝微屈，右前左後

全身靜止，接著前後輕晃，扭腰旋跳，手腳左右對稱交替
雙手叉腰，抬腿而躍，先左而右，逆時針繞圈，十六步回到
原點
右足跺地四次，左足跺地四次，右足跺地四次，左足跺地四次
右腳右跨一步後輕彈向左，左腳左跨一步後輕彈向右
左、右、左、右……輕躍如山羊
腿抬至腰，前後左右，轉身來回
雙手叉腰，雙腳交替騰空，快速扭動身軀，一、二、三、
四……彷彿陷入莫名的狂喜
雙手扶向太陽穴，右足疾疾點地，左足疾疾點地，同時左右
擺動身軀
雙手再度叉腰並微微俯身，右足跺地四次，左足跺地四次，

右、左、右、左……

雙手再度扶向太陽穴，右足腳尖點三次腳跟頓一次，換左足，身軀同時擺動

雙手再度握拳，右臂齊胸，踢出右足，然後左臂左足……

在他的歌聲之上，我們彷彿聽見另一首歌，來自山的西邊與東邊，從Truku Truwan，從托博闊溪谷，從立霧溪出海口，輕盈、遙遠、透明，從久遠的年代穿透時間來到Klbiyun，像四面斷崖接合於此地般匯聚於一，一樣是一連串母音的組合，輕輕應和舞動中的我們的朋友。

歌聲引導幽微的舞步，透明如水母，那是幾百年前的太魯閣族獵人初登此山，在不及十張鹿皮寬闊的絕峰之上，在毫無遮蔽的天空之下，以身體向大地執行的許諾之禮：

雙手叉腰，抬腿而躍
右足跺地，左足跺地
右腳輕彈，左腳輕彈
雙腳交替，騰空躍起
扭動身軀，彷彿陷入莫名的狂喜
右足疾點，右足疾點
微微俯身，右足跺地，左足跺地
雙手握拳，右臂齊胸踢右足，左臂齊胸踢左足……

舞動的獵人之靈會發現山頂多了一顆三角點基石，他們不理解那顆柱型岩石有何意義，當然更不明白一等三角點作何用途。他們不需要測量，或者說他們不需借助任何儀器去測量他們的土地，他們擁有反覆張闔可以如尺如規如量角器的健腳。

令他們感到疑惑的其實是一面看起來很禁得起風吹日曬的金屬牌誌，上面刻著Qilai North Peak，他們不知道那是英文與漢語拼音的奇異組合，但確信那是一個對他們無意義的名詞。

當年的獵人已抵達彩虹橋彼端，成為庇護後代的祖靈。即使如此，當他們又一次望向東方初升的太陽，金光仍然刺眼，海面仍然閃耀輝亮，以至於他們仍然必須Sklabi qmita，必須謙卑地縮小視野，虔敬地臣服於自然。

大禮部落

太魯閣族從托博闊溪下立霧溪，一路往東，部落一個又一個誕生於山坳或河階之上。他們剛健、勇猛、果敢，像山一樣冷靜。時間流逝，從反抗到被制服，從不安到秩序，時代氛圍的變動只在一瞬間。太魯閣族失去安身立命的土地和自在怡然的生活方式卻關乎一整個族群，關乎世世代代的子孫，他們要的似乎從來不是國家，也不是公園，而是一片自由奔走的土地。

（攝影／薛湧）

M6

日治時期，人們從花蓮溪下游東岸渡船場爬上海岸山脈的稜線，走出一條順著稜線通往鹽寮港的人行道。幾十年後有了公路，臺十一線與一九三縣道在花蓮溪大橋短暫共線，到了東端橋頭便一南一北相背而去。一九三線在海岸山脈西側山腹逆著花蓮溪蜿蜒向南，是臺灣最長的縣道。臺十一線過了橋頭，上坡後不久便切進海岸山脈北端一處淺鞍，一百八十度髮夾似地迴轉向南，沿著海岸山脈東麓一路奔向成功、臺東，沿途手一伸就是蔚藍無邊的太平洋。

在雙腳仍是主要交通工具的年代，人們往來「鹽寮港越」，把途中稜線高點稱為「嶺頂」，從此向北遠望，將花蓮溪口汛期隱沒而水退復出的沙嘴稱為「嶺頂沙洲」，海岸山脈前端突伸而出夾在河海之間如岬角的瘦稜則為「嶺頂岬」。

作為地名，「嶺頂」太平凡了，注音打字自組成辭，不勞選字，而且遍布臺灣，臺北、桃園、臺南、高雄，到處有「嶺頂」。不過，昔日逢雨必爛糊泥濘的「鹽寮港越」，如今沿途建立高級墓地、高級飯店和龐大的軍事基地，「嶺頂」從一個平凡的名詞變成行政區域名稱，附近住家的門牌一度寫著「嶺頂○○號」。

在海岸公路戲劇性的髮夾彎的頂端，有一條不引人注意的小徑通往花蓮溪出海口，也就是海岸山脈北端起點，三等三角點花蓮山。小徑靠海一側是一片平緩而略向海面傾斜的海階——這又是海岸山脈隆升的結果兼證據——其上細沙鋪陳，耐鹽耐旱耐風的植物點布其上，而莖葉之下藏了「嶺頂II號」。

「嶺頂II號」不是某人的屋宅，也不是地政事務所編配的門牌號碼。「嶺頂II號」是一群人的聚落，此地空氣瀰漫海的鹹鮮，波浪推移之聲二十四小時入耳，有人曾經在此吃睡、哭笑、工作、遊

花蓮溪口

花蓮溪口以南的東海岸一度是「準局外之地」的局外之地，昔日人稱「後山後」。（攝影／黃銘仲）

戲、爭執，也許還發生免不了的戰鬥。

花蓮是「後山」，海岸山脈在老一輩口中是「後山後」，鹽寮港越、月眉越嶺路、六階鼻越嶺路、磯崎越嶺路、貓公越嶺路、奉公越嶺路……山區小徑密密麻麻，蜿蜒、崎嶇、泥濘、脆弱，前人探險似地開路，一條接著一條，在稜線上，在山坡上，緣溪行，或橫越溪床，至今有的不知所終，有的被莽密的草木打回原形，如初時的野地，在地圖上只剩下虛線。

海岸山脈是「準局外之地」的局外之地。

但石器時代是沒有局勢的，那時人類確確實實是天地的成員，與草木同是自然的組成份子。古老的人類似乎不把山海障蔽當成嚴重的阻礙，他們沒有文字，沒有電話，沒有資訊焦慮，沒有雙腳以外的交通工具，但只要想去那兒就能去那兒，高山危崖與深谷急水都不是問題。或許因為已經擁有兩隻腳了，而且時間充裕，他們可能沒想過造大橋鋪大路，他們慢走，甚至漫步，他們偶爾也奔跑，所以必然意識到速度，對快慢有所認知，但似乎沒想過距離可以透過速度有效縮短，因為兩地之間恆是兩地之間。

無論如何，雙腳總是必須踏在土石之上呀。

或許史前的人們便是如此率直地想，無論多遠，也只能帶著這樣的念頭率直地走。古老的人類不打山洞抄捷徑，不鋪軌道求快捷，他們在臺北和嘉南平原過日子，也在花蓮留下生活的印記：

花蓮市、玉里鎮、鳳林鎮……太魯閣峽谷、東海岸、海岸山脈、花東縱谷、立霧溪、美崙溪、秀姑巒溪、馬太鞍溪……

考古學家在這些地方發現他們的足跡，依所在地為每個遺址安上名稱：

普洛灣、崇德、富世、水璉、平林、太巴塱、掃叭、花岡山、公埔、針塱社、石公坑、德武、薄薄、草鼻、芳寮、慈雲山、大坑、月眉Ⅰ、月眉Ⅱ、上月眉、和南寺、大坑、鹽寮、東富、阿托莫……，以及嶺頂。

考古學家辨識並歸類他們的文明：

卑南文化、靜浦文化、大坌坑文化、麒麟文化、花岡山文化、繩紋紅陶文化……

考古學家找到許多碎片，這些日常器具都曾經握在史前人類的手裡，曾經感染他們的體溫：

石斧、石刀、砥石、石杵、石網墜、石棒、石盤、板岩小圓盤、錛鑿、矛鏃、素面陶片、繩紋陶片、陶紡輪……

考古學家還挖出頭骨、胸骨、脛骨、股骨，甚至骨骼都被時間磨成土了卻還不屈不撓的牙齒；有時石棺出土，石棺裡的主人再度看見陽光，卻只剩殘缺的骸骨。

譬如M6。幾年前的春初，東北季風仍兇猛，他在「嶺頂II號」出土了。

於是我們開始想像M6，以及他的日月，他的雲雨、颱風和地震，他的花蓮歲月。

你的肉體已腐化，你的骨骸破碎殘缺。忘了自己的身世吧？我來告訴你——你住在「嶺頂II號」——你們沒有類似的編號，只是為了方便，別在意——考古學家在你的附近發現不少屍體——抱歉，應該使用專業而中性的字眼，譬如「墓葬」——他們還找到紅色繩紋陶器、石片器、玉錛……據說是新石器時代中期繩紋陶文化的遺物，我不太清楚專家如何判定，但他們說你的年代大概距今四千五百年至三千五百年前。考古學家總共在這裡挖出十一具墓葬——包括你，M6——為什麼是六號？沒什麼，你是第六個重見天日的，單純按順序排列，就像捐款芳名錄依姓氏筆畫排列一樣——我不知道你們生前或死後遇到了什麼劫難，多數人只剩下牙齒——沒有劫難，純粹只是因為時間？——當然，三、四千年不像三、四個小時，非常漫長，漫長到我不能體會——你知道幾千年是怎麼回事？不會吧，你最多只活了四十歲——你說具體來講幾千年就是你們幾個現在的模樣？大概是吧——你是在標準面以下兩百一十公分處出土的，沒有棺材——你大概跟我一樣，是個普通人，沒資格進石棺——你仰天躺著，手腳自然平放，臉偏右側朝東，頭朝向南偏西三十度——大致上接近海岸山脈的走向，這有特別的意義嗎？——你的身高吉數一六八，是個男子，三十八歲至四十八歲。你們沒有拔齒的習俗。你的健康狀態驚人，所以上下顎三十二顆牙齒包括四顆智齒全部都在，儘管臼齒磨損嚴重，但沒有蛀牙，牙結石與牙周病也很輕微——了不起的健康紀錄！——告訴你，你是十一具墓葬裡保存狀況最好的，考古學家把你的頭拼了回去——別擔心，少了一邊的臉頰，他們想辦法補上了，不信你摸摸看——喔，抱歉，復原的部位不包括手腳——想知道他們怎麼辦到的？沒問題，聽清楚了——你的骨質厚實，頭骨缺失不嚴重，只是被壓扁了。考古學家在挖掘現場先用紗布和黏膠固定你的碎頭骨，連同土塊搬回實驗室清理，再用蠟填滿骨片間的縫隙，拆除紗布後小心翼翼地把骨片調整到正確的位置，遺失的部位用蠟來補缺，包括鼻骨、眉骨、部分顴骨……，最後又花了一個月修修補補——喔，我當然有鏡子，可是勸你別看——你早忘了當年怎麼過日子吧，根據在你附近找到的東西，我來推敲推敲你每天都做些什麼——早上你跟著大家去捕魚——魚骨也算出土文物之一，魚不會自己上岸，一定是被抓來的——接著用石片刮鱗切肉，然後煮來吃。吃飽休息，午覺醒來，拿起石錛削木頭，細部的打磨可能用玉錛——考古學家說那麼大的玉錛很罕見。你過著富裕而地位也不低的生活嗎？——也許有人看上你的手藝，願意用鮮魚或精美的玉飾跟你交換作品——這算買賣吧——你的牙齒琺瑯質結實，骨骼密度也很夠，看得出你飲食均衡，營養充足——你的石器日子比我的摩登生活健康多了——還有，你是南島語族的祖先，南島語族是人類史上最擅長航海冒險的民族，短短千年之內從太平洋西岸擴張到東岸，盤據太平洋的主要島嶼，也就是說你可能還有子孫此刻與我一樣是活生生的。

從 M6 葬身處可以望見觀光飯店以紅白兩色盤踞稜線，向賀田山連延而去，遠遠就顯得醒目。賀田山標高四四一米，海岸山脈第一座二等三角點，腹背是大洋與縱谷，舉目空闊，視線無礙，海軍在山頭建造基地，一樣紅瓦白牆，偽裝成渡假飯店，部署雄風二號飛彈，這是公開的秘密。

M6聽起來像新型飛彈的秘密代號，他不是用來牽制太平洋西岸捍衛臺灣東岸的秘密武器，但絕對是一個地面下的古老秘密。M6的生活與海密切相關，附近的山丘可能也都是他的活動範圍，包括賀田山。

從這兒看去，北方幾座海灣只見輪廓：視野盡頭是崇德灣，一旁的山脈臨海沖天，清水大山顯沒於雲絮之間，西接叢山，東下大水，在水平距離四公里內從二千四百公尺削入太平洋。七星潭在立霧溪沖積扇以南直到突出的奇萊鼻之間，是島嶼東岸最美麗的弧彎，我們以極微的俯角遠望，圓陷的海岸線凹得更深更圓，如飛旋海豚弓躍的體驅，如飛魚受到鬼頭刀驚嚇騰空劃出的拋物線。你也看見這些風景嗎？但願我看見的與你看見的一樣多，或者一樣少：一座島嶼，一片土地，有山有水，有樹有花，有蟲魚鳥獸，有人。我的先人描述花蓮溪，說它「與海濤激盪，紆迴澎湃」，所以「狀其容，曰洄瀾」，但是眼前的景象令人困惑，水流溫婉，波動平緩，沙嘴橫陳，一前一後，水勢輾轉流出沙嘴的缺口，海波偶爾漫入河床，卻懶散得像家貓肚子上的軟毛，輕輕觸著溪水，沒有碰撞，沒有激盪，沒有壯闊澎拜，當然也就沒有令破浪而至的漳州客驚呼連連的縈迴之水。四千年前的花蓮溪想必不是這副模樣，你一定看見溪流貼近山脈，一路收集奔馳跳躍的水，匯成龐大的水體，奔騰注入太平洋，或者在你居住的海階岸緣被衝撞海濤的洶洶迴瀾濺濕。你的聚落濱海依山，鄰近小溪，躍動的山脈，無際的海洋，清淺的流水，不論風雨，此地似乎是個可以供給生活所需的處所：果實、薪木、野獸、魚蝦、螺貝、水源，在那個自然萬物生命力飽滿的年代，這些就是你的日常營生吧？一開始，考古學家發現的其實是大概跟你們無關的新石器時代晚期的痕跡，繩紋陶片、素面陶片、石核器、石片器、石矛鏃。後來推土機轟響、履帶輾行、灌叢剷除、土地整平、颱雨吹蝕，沙丘終於裸露了，關於你們的線索才漸漸曝光，譬如石片器、石錛……之類的新石器時代中期遺物。不久，MI 出土了。你知道 MI 的來歷嗎？閒雜人進不了石棺，他是你們十一人裡唯一躺在石板棺裡的，但現在他只剩下不全的頭骨、左右橈骨、左右肱骨、左右股骨、右脛骨、右手指骨、六顆牙齒和細小的骨片。你有沒有辦法告訴他，地位和石棺不能提供絕對的庇護，如果對手是時間？細心的考古學家從海沙中篩出M5的二十四顆牙齒，其中幾顆是乳牙，完全換牙還得等上兩三年，他是你們之中唯一的兒童。這古老的孩子葬得跟你一樣深，而且離你很近，就在幾步之外，他是你的孩子嗎。然後就是你了。我們的專家投注無比的耐心和細膩的心思，拼湊你的容貌，現在你的頭部有一部分是蠟，從正面看，兩側鼻骨、左額骨、眉骨、部分左上顎和部分左顴骨是假的，左眼窩根據右眼窩的形狀來復原。你不能也不被允許回到嶺頂，太陽的光熱會把蠟塊融軟，使你再度支離破碎。你們過著怎樣的生活？你們建造房屋嗎？如何遮風避雨？你們如何在利用海洋的同時又只能承受海洋偶爾暴烈的攻擊？我們居住在同一片土地，但我們的山川河海是一樣的山川河海嗎？那一陣陣挾帶沙塵掩蓋在你身上的風，與現在吹拂的風是相同的氣流嗎？你會因為再次看見在你的時代尚未命名的大海而感到親切熟悉，因為竄進胸肺的微微的鹹鮮而醒過來嗎？你會想起採果取水拾貝、擊石為器剖魚剁骨、奔跑跳躍戲浪的日子，懷念原始、直覺，充滿力道的生活嗎？你害怕地震，在颱風夜無助地聽風雨嗥叫嗎？你會不會一看見繞了一個大彎的公路，就想起過去穿行山丘密林時也走過相似的路徑？你們擅長使矛，瞄準的一向是雙眼所見的獵物或敵人，那麼假如你看見山上地洞裡巨大的飛彈，能不能猜到它們的用途，即使無法想像千里之外怎麼會有敵人？你看見北方的平野樓房堆疊，海岸山脈的稜線上有高大的建築，是不是因此懷疑此地真的是你的村落？這裡當然是你的地盤，但你一定不知道怎麼回事，你很老，你的山脈卻十分年輕。如果你今年四千歲，那麼這些年來海岸山脈至少已挪動了一百二十公尺，你的海階向來就不是一片安穩的土地，但這裡確實是你的村子。看看西邊，中央山脈的稜線應該相當接近你的記憶，那是鯉魚山，一座你看慣了的山頭，自中央山脈岔出，像一顆脫隊的獨立峰。你仍然不知道鯉魚山的另一邊是鯉魚潭，那一池明麗的湖水離你的生活太遠了，當天來回是有困難的。

如果可能，我樂意邀請M6……不，我希望邀請包括M6在內十一位已知的M家族成員搭乘直升機——超重？別擔心，他們多數是殘骨，其中有些還只是幾顆牙齒——飛到海平的對面，飛到嶺頂岬對面，飛到普通生活的對面，飛到久遠年代的對面，在槳葉的噗噗轟響中忘記海浪的聲音，在海拔五百公尺的虛空忘記地上的歲月。

各位，今天不捕魚，不必用石刀殺魚，不必下花蓮溪提水，嘿，放下你手上的石錛，改天再磨吧，我們今天不削木頭，用不到石錛。今天什麼都不做，我們現在要飛到熟悉的一切的對面，看看我們的溪水和山頭。海水湛藍，藍得有些墨色，那是黑潮，在你們不知道的深度奔跑。外海波濤起伏，很輕很輕，也許像M5最後幾口氣那樣時而平緩時而急促卻微弱。波峰波谷交替，你們應該有小筏或小艇，一定懂得海波峰谷上下搖蕩是怎麼回事。今天天氣晴朗，日頭艷辣，海浪反射陽光，看見沒，閃亮亮的就是波峰，現在是波峰，下一秒同樣的位置就變成波谷。只是波的前進，「那個地方」不是波的本身，就像時間流過所有事物，時間已經流過你們，現在正流過我身上。我們按順序看，由近而遠。現在是海岸線，跟我們在海灘上看到的不太一樣。海浪總是撲上岸，我們在陸地上只能看見一道有限長度的波浪在岸邊碎成浪花。現在我們在空中，海岸是一條白線，從我們這兒看下去是粗不及一公釐的不規則線條。粗細不定？是的。我們稍微降低高度，看清楚了嗎，波浪力道不一，有的鋪在沙灘上，有的碰撞岩石，沒有一樣的浪花，海岸線時時刻刻都不一樣。在你們的年代，有固定不變的事物嗎？你們居住的地方由火山灰與火山彈堆積而成，那是海岸山脈形成後期火山大量噴發的遺跡，你們有人——譬如M6——在花蓮溪口的岸邊踢傷腳趾嗎？那些火山彈組成的角礫岩遠看是如此的黝黑而怪異。嶺頂的海岸是各種色彩豐富的卵石構成的礫石海灘，有來自海岸山脈的火成岩礫石，也有花蓮溪搬來的中央山脈變質岩礫石。這些石頭告訴我們花蓮溪以前水量充沛，勁力十足，把沿途收集的岩石搬到出海口，在火山岩層上鋪著後來的礫石。當海岸山脈還是一座漂移的火山島時，源自中央山脈的河川如木瓜溪、支亞干溪、馬太鞍溪……想必都不是誰的支流，而是直接奔向太平洋。有一天，情勢改變，海岸山脈貼了上來，阻斷暢流的溪水，創造了花蓮溪，憑空接收花蓮境內絕大多數淡水，猶如一個從天而降的暴發戶，直到秀姑巒溪展開襲奪行動之前，花蓮溪是島嶼東岸最大的河川。巨大的水流將砂石從上游沖往下游，花蓮溪在海岸山脈細瘦的北端獲得寬闊開敞的喘息空間，流速慢了，砂石經年累月堆積於尾閭，如今枯水頻繁，巨大沙嘴橫在河海之間，花蓮溪益加顯得虛疲，氣若游絲，寬闊的河床水流極緩，從橋上或公路邊望去，幾乎看不出流動的跡象，如一面安靜的大池塘，偶爾風起吹撥漣漪才見波動。你們記得的花蓮溪像不像海岸礫石的身世所暗示的那樣生猛有力？我的花蓮溪疲軟虛弱，沙嘴如唇齒緊閉的門神——就是你們現在看見的模樣——不下雨的日子，它就是一條不呼吸的沒口溪。人們在沙洲上過起日子，夜裡釣魚、捕魚苗，白天躲進帳篷避日頭，帳篷外藍天白雲，遠山含笑。這是希臘風融合吉普賽情調的溪洲人生嗎？

地質時間以百萬年為單位，而地質距離以公分計，這使我們平凡的認知陷入迷惑與錯亂：將一個普通步伐的長度除以無從揣摩的漫長歲月，得到以公分計的年速，遠比我們日常所知會移動的任何事物緩慢。

這樣的速度超乎我們的經驗，無從感知，無從體會。但讓我們建立一條時間與空間的換算公式：假設年速二公分，則我們每跨出一步便彷彿一步跨越二十年或者三十年；若是，則M6以及你那已湮滅的聚落的親友，我們僅僅相隔幾個街廓啊。

嶺頂

海岸山脈北端起點位在花蓮溪口。考古學家在稱不上寬敞的海階發現嶺頂 I 、 II 、 III 號遺址，出土的遺骨各有代號，如 M1、M2……。嶺頂附近的山海多半就是 M 家族日常活動之處，假如時間可以扭曲、彎折，我們或將在此遇見 M6 和他的親友，獲邀前往他們小小的濱海村落，嘗嘗他們的吃食，看看他們的勞作，或者跟著他們下海採貝捉魚。（攝影／王威智）

申酉方向迷航

「這座小島太可愛
放在這裡可惜啦！
我要用漁網拖走它。」

北方來的漁夫，
有一天，笑著對我說。
我想，他一定在說謊，
黑夜裡，卻擔心起來。

清晨我提心吊膽，
飛跑著去到海邊。

辨天島浮在海上
金色陽光環抱著它
還是那座綠色的辨天島。

——〈辨天島〉．金子美鈴

《東臺灣新報》編輯毛利之俊顯然十分迷戀臺灣東部，不然他不會帶著攝影師踏訪偏鄉遠村，又是登高又是涉水，獵取了上千張照片，編成《東臺灣展望》。

在這一本令人驚訝的風土圖錄中，毛利之俊為每一幅圖片撰寫解說，他沒忘了獅球嶼這座勉強稱作島嶼的島嶼，花蓮港廳唯一一個地名帶「島」字的地方。毛利先生提到小島時，沒有採用她的阿美族名「チョプラン[11]」，也沒有沿用漢味濃重的「獅球嶼」或「獅珠嶼」，而是日本風味的「辨天島」。

日本各地有許多冠上「辨天」（弁天）兩字的小池或小島。「辨天」是「辨才（財）天」的簡稱，是印度女神辨才天女（Sarasvat）的日本形象，也是日本神話中的七福神之一。辨才天女是河神，隨著佛教的吸納與引進，日本的辨才天也承繼了河神角色，以辨天為

辨天島

在「東臺灣新報」主筆毛利之俊的筆下，奚卜蘭島有個和式的名字：辨天島。這座小島蹲在秀姑巒溪口，河道一分為二。十九世紀初，日本北海道船師文助迷航多日，最後在此上岸，與阿美族人為伍，度過奇幻的四年。

（引自《東臺灣展望》，毛利之俊，來源／阿之寶手創館）

名的池、島因此多在水際。

金子美鈴與毛利之俊同是二十世紀初的文人，但身為女性，她的詩人身分並未替她帶來太多好處。她的戀愛險些釀成舊社會的醜聞，成為街坊鄰居的笑柄。她的婚姻太不愉快，好不容易離婚了，女兒的監護權卻歸給前夫。所有的人生經歷都讓她晶瑩剔透的詩句顯得蒼白無力，有的甚至變成尖銳無比的嘲諷。金子最後選擇投奔死神，凍結人生，不讓任何事物再從身邊被「拖走」。

秀姑巒溪出海口的辨天島嬌巧秀氣，頂上冒出翠綠的灌叢，與金子美鈴的「綠色的辨天島」應該相去不遠。詩人筆下「北方來的漁夫」打算把可愛的辨天島占為己有，但金子美玲與花蓮港廳素無瓜葛，她的辨天島當然不是花蓮港廳的辨天島。一九三〇年，金子美玲自盡身亡，再過兩年，毛利之俊才會踏上「展望」之路，看見花蓮港廳的辨天島。

但很久以前，的確有個北方人踏上花蓮港的辨天島，他不是漁夫，只是一個平凡的北海道船師，一艘日本國內線貨船的船長。船師文助看見可愛的綠色小島時，不像「北方來的漁夫」那樣懷著壞心眼，沒有笑著恐嚇小孩，因為他剛剛經歷了一場魂飛魄散的旅程，沒心情開玩笑，沒心情逗弄任何人。

文助的本名和出生地都不詳，本是農家子，長大後到了蝦夷地箱館（今北海道函館），認了辨天町的文助為養父，並以養父之名

11　チョプラン，聖羅馬拼音讀如 Chopuran，為阿美族語 Ci'poran 的日文音譯，意指「在河口」，今中譯作「奚卜蘭」，史籍曾譯「奚普蘭、泗波瀾、泗波蘭、薛波蘭、繡姑巒、秀姑巒、芝舞蘭、芝波蘭……」等。

為名。他在商人角屋吉右衛門手下掌理一艘名為順吉丸的船隻，每年載送貨物往返江戶（今東京）。一八〇二年（日本紀元享和二年），吉右衛門因備貨積欠債務，資金調度出了問題，只好將順吉丸轉手，但文助繼續掌理此船，不受影響。

那年十一月十九日，文助乘著順吉丸從箱館出發，預定停靠都港（今本州岩手縣宮古港），終點江戶。船上一共九人，除了文助和搭便船的船東代理人茂兵衛，還有源浦清三郎、三之助、安兵衛、長太、彌五郎、三太郎、箱館源八等七名水手。

本來這是一趟普通的航行，按例到了都港把貨物搬上船，繼續往南航行，下了貨就回北海道，因此文助準備的糧食和往常差不多，除了必備的白米、食鹽、味噌，還有一些昆布、鯡魚、青魚卵和鯨肉。

順吉丸如常駛離母港，兩天後抵達都港外海，一切還算正常，除了天候不怎麼令人滿意，風颳得很猛，船進不了港，只好收起船帆，在外海徘徊。時序入冬，入夜後更加寒冷，真是難過的一夜，但比起往後漫長而巨大的噩夢，一八〇二年十一月二十一日這一晚實在不算什麼。

好不容易熬到天亮，風繼續吹掃，沒有停下來的意思。文助跟水手們拚命想把船划進港灣，不料尾舵和長槳都被風浪打掉，白忙一場後只能無助地漂盪，不料天色將明未明之際，順吉丸已經漂到仙台外海了。

風愈颳愈狠，順吉丸愈漂愈遠，檣桅危危欲墜，文助下令放倒檣桅，等待是他們唯一能做的。接下來幾天，風勢仍然猛烈，無計可施，只得讓船任由風吹潮流。有一晚，風向轉南，眾人趕緊豎起檣桅，掛起風帆，天亮時離岸大約僅僅九里，眼見登陸在即，不料西風又起，船隻飛快向東而去，不久固定櫓桅的底板再次破裂，無法修補。瀕臨絕望之際，文助選擇盡量保持船身完整，於是眾人扯起櫓桅，拋入海中，此後，順吉丸再也無法執行船長與水手的任何意志了。

接著兩、三天，日本的山脈愈離愈遠，不安在甲板上在船艙裡滋生、瀰漫，當陸地山影退出視野，舉目所見只剩無邊的海與湧動的波濤，眾人的心情就像殘缺的順吉丸，沒有舵，沒有槳，沒有櫓桅。

糧食不多，但還不到飢渴的地步。眾人倦乏的軀體中還存著一絲希望，即使吹起微弱的東南風，仍不分晝夜設法將船頭朝向地支方位的申酉方向——也就是西方，豎起桁板充當櫓桅，掛上風帆驅船而行。

文助曾聽老船長說，在東南大洋中漂流時，保持申酉方向而行就可以抵達日本國土。水手之中有人來自九州，說薩摩、日向兩國向南方突出一百多里，只要朝向申酉，或許有希望踏上四國九州。

順吉丸一直浪蕩於漠漠大洋中，有一天水手們恍惚之間看見遠方的島嶼，他們興奮地在甲板上又叫又跳。那是相鄰的三座小島，順吉丸駛近其中之一，但這島太小了，周長不過兩、三里，雖然草木茂然，但岩石壁立，根本沒辦法靠岸。眾人驅船前往另一座島嶼，靠近一看，島上一片光禿，了無生氣，比他們的心情還荒涼，儘管沙灘處處，上岸不是問題，但岸邊煙氳蒸蔚，狀似火燒，沒有人想登上那座島。抑鬱多日忽然點燃的希望之火在抵達第三座島時熄滅了，因為此島之險惡不亞於第一座。

一行九人揮別這趟意外之旅以來首次遇見的陸地，傷心無奈地離開了，再次朝申酉方向前進。二十多天後，海象大變，海色白如米汁，而且日漸溫暖，就算打著赤膊也不冷，偶有風雨，海面卻經常水平如鏡，沒有激浪，也沒有奔濤。他們看見一隻從未見過的白色海鳥飛近船邊，海面漂著蓮葉狀圓形藍色不明物體，大小不一，從一、兩寸到五、六寸都有，撈起一看，清澈如玻璃，狀如鍋蓋，中央突起如握耳。

海色、氣候、物種，樣樣陌生，他們猜到大概已經來到南方的奇地異境了，但只能繼續朝向申酉，除了老船長的見聞經驗，文助不知道還有甚麼可以倚賴。

遺失終點的航行不知何時才能結束，文助和水手克制儉用，在無法肯定航向的窘境中又航行了三十六天後，再次發現島嶼，眾人當然再次歡呼。

當順吉丸準備靠岸時，風卻停了，帆也張不開。文助下令放下小艇划近小島探探究竟，水手回報岸邊泊著許多小船，是一座有人煙的島嶼。眾人大喜，一時卻拿不定主意要不要上岸，七嘴八舌，各陳己見。

這時，島夷眾船並出，如萬箭齊發，將順吉丸團團圍住，幾十人異口同呼，咿咿哇哇，文助等人根本聽不懂他們在講什麼。這群人沒有蓄鬍，但裸著上身、垂髮，還佩戴耳環，模樣很像日本北方的蝦夷人，他們下身圍著兜襠，綁法看來也相似，大家一度以為來到了蝦夷地方的某個島嶼。

那麼，幾十天以來一直保持申酉方向到底是怎麼回事呢？天地顛倒，南北易位了嗎？

危急之際，沒有人細想這個問題，無論此地何地，上岸保命才是第一要事。有人講起蝦夷話，試著與島夷交談，結果可想而知，完全無法理解。正當眾人茫然無計之際，島夷帶來豬牛，呀呀有語，可惜船上沒有人明白，無法應對。島夷又把雞和芋頭紛紛丟上順吉丸，看到這兩樣東西，眾人才如夢乍醒，此地根本不是蝦夷地方，因為雞和芋頭都不是蝦夷物產。

終究還是來到不知名的異鄉啊。

根據臺灣總督府圖書館第五任館長山中樵的考據，文助一行人抵達的島嶼位於臺灣島東北海岸，也就是「臺北州宜蘭郡海岸」，那是剽悍的噶瑪蘭族的勢力範圍，儘管十八世紀末漢人強力駐墾蘭陽平原，大大撼動了噶瑪蘭族，但他們還沒打算離開故鄉，暫時只在平原境內移動，有的遷往三星，有的避居蘇澳，直到一八三〇年代，加禮宛社才大舉南遷，進入花蓮。

山中樵館長熱衷臺灣史地，根據他的研究，文助漂流近七十天後首次遇見的人正是兇悍的噶瑪蘭人，那些丟進順吉丸的雞豬可能是見面禮，也可能是用來易物的物品，只是文助會錯意罷了，因為當他們一收下那些物品，圍著順吉丸的小船就騷動起來，島夷划船貼近順吉丸，爭先恐後爬上船，看到什麼拿什麼。

船上眾人不久前才開伙吃了早餐，鍋碗瓢盆還來不及收洗，島夷卻爭相奪取，其他雜器也沒能倖免於難，有的島夷解下兜襠布當包袱包裹器物，有的看上水手身上的衣物，強行解開他們的衣帶，企圖剝下他們的衣褲。

文助見勢頭不妙，趕緊抄出短刀，有人抓起菜刀，島夷見狀四散逃開，不敢接近順吉丸，但仍賴在小船上圍著順吉丸虎視眈眈。忽然間，有幾個島夷跳進水裡，閉氣潛近順吉丸，手持利刃，似乎企圖鑿穿順吉丸。

這可不得了，文助立刻持刀跳進小艇，注視水底的動靜，一發現人影閃過，馬上一刀落下，刺穿一個夷人的肩膀，另一個水手則用魚杈刺中另一人。血在水裡暈開，這一幕讓島夷再度逃開，隔著距離警戒。不久，兩個島夷從水裡狼狽爬上船，滿身淌血，不停哀嚎，島夷一聽，立刻撤退。文助見機不可失，下令切斷船碇繩索，速速發船，逃之夭夭。有兩艘夷船分別乘了二、三十人，緊追在後，順吉丸乘風跑了半里，夷船沒能追上，掉頭返航了。

糧食所剩無幾，文助一行人漂流了超過兩個月，順吉丸嚴重受損，人人困頓疲乏。接下來這幾天，他們沿著可以遠眺臺灣山脈的海路飄蕩，時值一月下旬，正是東北季風盛行的季節，但即使天寒風疾，浪也不平靜，高大的山脈卻總在右舷不遠處。有了大山的護佑，暫時便有了方向，和陌生的陸地與凶蠻的島夷比起來，迷航於汪洋之上似乎更讓人安心。

順吉丸拖著殘破的軀體一路漂搖。文助不知道他們的漂流路線平行於三個世紀以前葡萄牙船隊的探險航線，有一部分可能還彼此重疊，他們和葡萄牙水手都看見逼天斷崖從墨藍深邃的大海中拔聳而出，翠綠的山峰孤傲地刺向天空。葡萄牙船隻身經百難，乘風萬里，頂著帝國的威權與驕傲渡越太平洋，鬥志昂揚的武裝水手在這一幕天地奇景前大受震懾，忘情驚呼 Ilha Formosa。文助率領的卻是飽受折磨驚嚇的平民船員，順吉丸殘破不全，像敗陣的公雞，毛羽狼藉，神色委靡，垂頭喪氣，狼狽至極，一夥人只希望沿著大山找到可以靠岸的地方，趕快結束這一趟恐怖的意外之旅。

一八〇三年一月二十八日上午，順吉丸來到一處寬闊的河口，河口中央橫著一座翠綠嬌小的島嶼，或者說，一顆巨大的岩石。

大約兩天前，他們經過利奧特愛魯河口，進入一面如滿月般飽滿完美的弧灣。當文助倉皇逃脫島夷攻擊之後一路相伴的山脈在此逐漸向內陸退縮，文助和他的船員應該看得見奇萊平野，那是蘭陽以南最廣闊的平原地帶。大山依舊橫亙於視野之內，但不再如前日所見山體沒入大海又突矗於海面之上，而是挺立於平野深處，如巨大的屏障。文助應該猜得到眼前的陸地如果不是大陸，一定也是一座巨大的島嶼。

順吉丸在奇萊外海漂流，經過三棧溪、美崙溪、吉安溪，花蓮溪是文助看見的最後一條水勢壯盛的河川，這意味著他們錯過了奇

チョプラン地勢圖

在夢裡，北方來的漁夫恐嚇金子美鈴，他說要把可愛的辨天島拖往別地。秀姑巒溪口的奚卜蘭島就像詩人筆下的辨天島，浮在海上，翠綠，被金色的陽光環抱著，而且一度真的叫做「辨天島」。

很久以前，真的有個來自北方的人踏上花蓮的辨天島，他不是漁夫，而是一個日本國內線貨船的船長。他望見可愛的小島，心裡不存一絲壞心眼，也沒有心情逗弄小孩，因為他才經歷了一場令人魂飛魄散的旅程。

（引自《享和三年癸亥漂流臺灣チョプラン嶋之記》，來源／國立臺灣圖書館）

萊平野。東北季風不停颳著，這個時節偶有降雨，文助和水手煮食解渴大約都倚賴雨水，水不成問題，而存糧幾乎見底了。

從花蓮溪出海口開始，又是另一座南北綿延的山脈，望不到盡頭，同樣緊貼海岸，高度遠遠比不上前兩天一路相伴的大山。此後文助在外海望見臨海的山脈有許多缺口，大小不一，都是溪谷，對照現今的地圖，我們知道他們行經水璉溪、蕃薯寮溪、加路蘭溪、大不岸溪、加塱溪、新莊溪、丁子漏溪、起拉嚕溪、斯瓦達阿溪、拉濫溪、石梯港溪，還有好幾十條地圖上未標註的野溪，其中許多水勢虛弱如瀕死的蚯蚓，出海前便沒入溪床，有的甚至只剩空蕩蕩的溪谷。

直到チョプラン。

沒在奇萊上岸顯然是個錯誤，幸好他們兩天後就在チョプラン發現了另一條大河，河口寬闊，不過，水流微弱，船開不進河道。

幾年後文助回到北海道，想必常常想起チョプラン的流水和溪床裡晶瑩雪白奇形怪狀的巨岩，他會記得チョプラン的意思就是「在河口」，但第一眼他對這條河川一無所知，不知道這條同樣名為チョプラン的溪流是漂流途中遇到的流域面積最廣闊的河川，他只看見河口的沙洲綿長而平坦。當時他心裡正盤算著萬一為了保命不得不上岸，這片長長的沙洲倒是可以讓他們放手搶灘。

他愈是這麼想，登陸的念頭就愈強烈，不光自保，也為了他的同伴。或許這是最後的機會了。

「這是上天的安排，我們快撐不下去了。」他一邊掙扎，一邊望著遠方翠綠的山脈，就在這時，他看見岸邊有一列黑鴉鴉的人頭，像一截密密的虛線，至少一、兩百人，從這陣仗看來，這一大群看熱鬧的早在文助察覺之前就先一步發現殘破的順吉丸了。

「一定是當地的土人。」文助有些激動地說，一聽到「土人」這個字眼，大家眉頭都皺了起來，心頭一驚，腸胃也跟著開始絞痛。

飄搖晃蕩的船影似乎讓土人感到好奇，他們對著順吉丸又是招手又是呼喊。文助要水手把船稍稍往岸邊靠近，模糊的人聲穿越海風和浪濤漸漸傳進眾人耳裡。

文助決定一探，他帶了幾個人跳進小艇。

愈接近海岸，人聲愈清晰，有的土人交頭接耳，有的放聲議論，伊伊哦哦，轟然成響，在文助聽來只是一片渾沌。會不會和四天前一樣，遇到的又是行事怪異的土人？

集結在岸邊的土人比前次遇到的更多，看來這是一個大村落。文助試著與土人交談，問西探東，但彼此言語不通，各說各話。雖然是意料中事，文助心裡免不了掠過一絲失望，幸而土人似乎溫順而友善，不像北方的島夷那樣粗魯蠻橫，或許幸運之神這次站在可憐的迷航者這一邊，不必再次落荒而逃了。

不能絕望，文助一邊想著，一邊拿出桶子，比手畫腳表示需要清水，土人不解其意；他端起茶碗，以碗就口，作勢喝水，土人還是不明白，只是搔頭撓耳，揮舞手足。

在土人連串不絕的話語聲中，文助划動小槳，返回順吉丸，和大家商量下一步怎麼走。

順吉丸壞得一蹋糊塗，只剩一隻錨和一條繩索，存糧不多，只剩一包，撐不了多久。就算繼續往前，要回到日本，幾乎不可能，我們甚至不知道身在何方。

文助望了望茂兵衛，這位船東代理人或許想得到好辦法，然而茂兵衛只是低著頭，一語不發。文助掃了眾人一眼，說：

上岸吧，事到如今，不靠土人，還能靠誰？各位，願意的跟我一起上岸，不願意的也不勉強，暫時留在船上等消息吧。

正值隆冬，チョプラン卻不怎麼冷，對住慣北地的文助等人來說簡直是溫暖，但他們的肚腹和心情都不好受。自從在仙台外海漸漸看不見日本的山脈那一天起，這群難兄難弟一天只吃兩餐，雨水多時喝粥，有時吃吃昆布、青魚卵，只能勉強基本的體力，也由於極力克制，所以至今還有存糧。飢餓可以忍耐，不過幾天前僥倖逃離賊島卻讓這群迷航者徹底心寒，眼前走投無路，只能冒險上岸了。

文助讓四個人留在順吉丸，帶著茂兵衛和其他船員登陸，近岸時土人合力拉上小船。由於語言不通，不論如何叫罵，彼此都聽不懂對方一言半語，出乎意料地，土人寫了些字交給文助。茂兵衛一看，原來是問他們從哪裡來，接下來雙方藉筆談溝通。茂兵衛回答他們從日本漂流過來，土人回說三、四月前得留在此地，之後會有臺灣（今臺南）商船，那時就可以搭順風船離開了。

茂兵衛轉告文助和其他船員土人的建議，眾人才稍微寬心，一起到土人家中留宿。當晚風波大作，順吉丸被吹向岸邊撞上礁岩，留守的四人不得已只好上岸過夜。土人見機不可失，紛紛上船擅自拿取各種器物，連釘子也拆得一乾二淨，最後朝空蕩蕩的順吉丸放了一把火。

這下可好，順吉丸化成灰燼，如此一來，不論吉凶，想逃也逃不了了。

土人的舉止難以捉摸，眾人呆立在岸邊，個個驚得啞口無言，瞪著火舌在夜空中跳躍，望著火勢在海風助長之下愈來愈猛烈。在突兀而炫目的火光中，一行人抱著前途難卜的憂懼，走進頭人家中度過漂流多日好不容易登陸後的第一夜。

四、五天後，頭人召集土人表示他一個人沒辦法獨力照料文助九人，於是願意招待外客的土人便各帶一人回去，而文助繼續留在頭人家中。收容文助一行的頭人就是和茂兵衛筆談的那個土人，他似乎擁有特別的地位，有如酋長，儘管他的容貌輪廓不像土人那麼深，髮式和衣著也和中國人沒兩樣。後來文助才知道他是個商人，以買賣為業，不打獵也不種田，他根本就不是當地人，而是為了某種緣故避居此地的漢人，土人不拜神，他卻在家中的角落安了一座小閣臺膜拜「福德神」。

チョプラン的食物和日本的簡直不是同一個星球的食物，但是客居異鄉只能入境隨俗，土人吃什麼，他們跟著吃什麼。土人對美味的要求顯然和文助的日本風尚不一樣，對於食物，他們只求飽足，其他的沒那麼要緊。通常他們連著三天吃紅薯，接著一天米飯，再來連續三天芋頭，一天米飯、粱餅或粱飯。調味料只有鹽，沒有醬油，沒有味噌。

煮食的器具和食物一樣簡單，家家戶戶都有一只鐵鍋，而且只有這一只鐵鍋，不管米菜還是魚肉，都用這只鐵鍋烹煮，用完了也不洗，接著煮飯，因此米飯如油煎般披著光澤，奇怪的是飯卻沒沾上什麼異味或腥味。

土人把米飯、粟飯或餅、芋放在竹籠裡，把魚、肉或青菜裝進木碗，文助等人便和土人一家老小圍著一籠一碗環繞而坐，一起吃飯。他們不用筷子，直接用手抓。

無論食物還是習慣，都讓落難的水手感到新奇，用萬年不洗的鐵鍋煮出來的米飯沾著微薄的肉脂，他們也覺得味道不錯，一開始吃得津津有味，但吃來吃去就那幾樣，天天重覆，毫無變化，很快地就又厭又膩，食慾大減，過不了幾天，一看到薯呀芋的就腸絞胃疼。

糟糕的事情發生了，水土不服的症狀一一出現，每個人都患了水腫，病痛開始上身。他們見識過土人如何對付病痛：巫師手執草葉，唸起咒文，往葉子上吹一口氣，再用這片加持過的草葉拍撫病人疼痛苦瘀之處。文助根本不信那一套，十分懷疑巫師的法力，認為那不是醫術，跟兒童嬉鬧差不多，就算頭人奉勸姑且一試，他們也不願求助，只是忍著病痛，繼續啃芋頭紅薯，挨一天是一天。

屋漏偏逢連夜雨。文助投靠土人後不久，當地爆發了嚴重的傳染病，村子裡幾乎家家都有病患，男女老幼一共死了一百多人。

文助一行也沒能倖免，疫病和水腫交相摧殘，一名水手不敵病魔，飽受折磨後死亡，到了三月底，船員一個接一個去世，只剩安兵衛和文助，而安兵衛熬了兩年後也因病離世，最終只剩文助活了下來。

文助一直寄住在頭人家中，也許因為頭人的居家環境和生活條件比土人好一些，他才不至於病死。就算撐了過來，他卻不能一逮到機會就走人，根據當地慣例，不幸的漂流客必須服滿四年勞役才能離開。在這場漫長的噩夢裡，文助每天煮鹽、砍柴，或是到海邊

採集一種叫做コツケ[12]的貝類，可能是寶貝，也可能是更巨大的硨磲貝。

就在重覆的食物和勞動裡，文助在チョプラン過起純樸而單調的日子，可能不太情願地為土人服役，卻也願意為土人編織他們沒看過也沒用過的涼爽草蓆，他樂於參與盛大的狂歡祭典，下場和土人拉手圍圈跳舞唱歌。

他安然度過四年，回家的渴望卻從未淡涼，一直在心底翻騰如一波又一波的浪潮。文助是チョプラン的客人，也是チョプラン的僕役。

一八一〇年，文助波折輾轉終於回到家鄉，光格天皇也把年號從文助離開時的享和改為文化，幕府將軍仍然是德川家齊。

文助原只是個日本北地的小船長，是否重操舊業，繼續往返於箱館與江戶之間，他過著什麼日子，我們一無所知。但他一定十分想念在海風助長下迅速化成灰燼的順吉丸，想念相繼客死異鄉的茂兵衛、源浦清三郎、三之助、長太、彌五郎、三太郎、箱館源，還有不及返家的安兵衛。

這座小島太可愛
放在這裡可惜啦！
我要用漁網拖走它。

12 コツケ，日語讀如 kotsuke。

金子美玲守不住生命中美好的事物，只能在悲慘的生活裡醞釀自謔式的威脅，自我嘲諷，自我恐嚇。船師文助則從未興起絲毫偷走或拖走美麗小島的惡毒念頭，這是現實人生，不是詩的國度，不得已來之，既然一時走不了，只好安之。

或許文助曾經在某個陽光照耀的上午外出，跟往常一樣，走向チョプラン島，從島的南側走到北側，再從島的北側走回南側。他在沙洲上踏下串串足跡，東翻西找，就是找不到值得帶回村子的東西。

汗水一直從額頭滴落，他忽然極其無聊地認為在チョプラン流下的汗水已多過迷航之前的總和。就在那一瞬間，他忽然體認到這群南國土人其實是熱情的，和善的，他們給他找了事做，不至於太無聊；他和他們一起吃飯睡覺過日子，但拒絕喝土人釀造的米酒，不過他承認酒氣頗香。

文助幾乎成了チョプラン的居民，儘管心心念念不忘回家。我們不知道他是否聽說チョプラン土人的名字是Pangcah，還是如今我們習稱的Amis[13]，但是在チョプラン的種種經歷必定令他畢生不忘。一定是這樣，否則他不會投注驚人的觀察和記憶，在波折不斷的返鄉之旅中留下一部口述記錄——「口供」或許是更合適的稱呼，罕有而珍貴地描繪了十九世紀初年秀姑巒溪口阿美族港口部落的生活樣貌——後人如我者因此得以馳騁想像，遙望兩百年前阿美朋友的日常起居。

13 Amis，即阿美族，族人一般自稱Pangcah，有「人」、「同族人」或「同一個血統的人」之意。Amis在阿美語中意謂「北方」，是卑南族對居住在北方的阿美族的稱呼。

チョプラン

チョプラン羅馬拼音讀作Chopuran，阿美族語記為Ci'poran，轉譯成中文則如千面人，在史籍裡交錯現蹤，宛如棲息於秀姑巒溪的蝴蝶，時而出沒溪谷，時而翩翩舞於河口：

奚卜蘭、奚普蘭、泗波瀾、泗波蘭、薛波蘭、繡姑鸞、秀姑巒、芝舞蘭、芝波蘭……

「奚卜蘭」是如今通行的稱呼，不過愈古老的中文音譯似乎愈美麗，字面的意義和Ci'poran絲毫無關，只是異腔他調的音節散發著某種魔力，誘引我們一步一步朝她走近。

秀姑巒溪是臺灣脊梁以東流域面積最廣闊的河川，源流馬西桑溪自臺灣五岳之一秀姑巒山東側納集涓滴，迂迴蜿蜒於群山之間，

秀姑巒溪奇美段

馬西桑溪是秀姑巒溪的源流之一，自臺灣五岳之一秀姑巒山東側納集涓滴，迂迴蜿蜒於群山之間，與來自三尖之一達芬尖山的塔達芬溪合為秀姑巒溪的主脈——拉庫拉庫溪。

拉庫拉庫溪匯聚百流，南收闊闊斯、伊霍霍爾與黃麻諸水，北納馬霍拉斯溪、馬戞次托溪、阿不郎溪，其中馬霍拉斯溪發自名列十峻的馬博拉斯山，是秀姑巒水系最遠的源流。

秀姑巒溪的中上游本來都歸古花蓮溪所有，後者在中央山脈與海岸山脈間奔流，直到海岸山脈的北端起點出海，那時縱谷的北段應當就是一座巨大的河谷。

但年輕的海岸山脈東麓有一條精力充沛的野溪，不甘獨流入海，日夜不停地往上游刷蝕，終於切穿海岸山脈，一點也不客氣地接收了古花蓮溪的流水，使古花蓮溪成了斷頭河。若非如此，當今的花蓮溪必定是臺灣最長且流域最廣的浩浩巨川。

那條乖張的野溪就是大名鼎鼎的秀姑巒溪，既是臺灣脊梁以東流域面積最廣的河川，也是唯一切穿海岸山脈的河川。

（攝影／邱上林）

與源自三尖之一達芬尖山的塔達芬溪合為秀姑巒溪的主脈拉庫拉庫溪。此後匯聚百流，南收闊闊斯、伊霍霍爾與黃麻諸水，北納馬霍拉斯溪、馬戛次托溪、阿不郎溪，其中馬霍拉斯溪發自名列十峻的馬博拉斯山，是秀姑巒水系最遠的源流。

隨著海拔遞降，拉庫拉庫溪的流勢愈加壯盛，奔騰淙淙，一路深谷險豁，自瓦拉米以東，溪谷才漸漸開闊。進入縱谷平野之前，拉庫拉庫溪再收南來的清水溪，隨即折向東北，在著名的溫泉地安通附近與來自池上北方的秀姑巒溪縱谷源流會合，短暫地在中央山脈與海岸山脈之間往北漫流，抵達瑞穗，在這裡，紅葉溪與富源溪投奔了秀姑巒溪家族。從安通到瑞穗，秀姑巒溪的溪谷極為寬闊，水道紛歧如網如辮，流速緩慢，砂石堆積，與湍急的萬山奔溪一點也不相似。

秀姑巒溪中上游匯聚的水多數來自臺灣的脊梁山地，本來都歸古花蓮溪所有，在兩山之間往北流向海岸山脈的起點，那時花東縱谷北段在地形上就是一道巨大的河谷，水勢必然浩蕩可觀，若非海岸山脈東麓一條野溪精力充沛，不甘獨流入海，日夜不停地直往上源掘蝕，最後不客氣地接收了古花蓮溪的水流，那麼今日的花蓮溪可能就是臺灣最長且流域最廣的湯湯巨川。

千萬年前的某一刻，海岸山脈的西坡在瑞穗鄉瑞良村附近為年輕氣盛的野溪貫穿，太平洋的氣息隨之而來，微弱而新鮮的海味探出縱谷，在古花蓮溪的滾滾流水間引起了小小的騷動，從萬山奔流而下的溪水聞到陌生的味道，如果它像行動無礙的鳥獸，或將遲疑地緩下腳步，回頭瞧瞧發生了什麼事。但水與時間都不停步。

呂宋島弧碰撞並貼上古臺灣島之前，古花蓮溪上源諸流應當

——直接注入大海，遠道而來的海岸山脈阻斷了它們與海的聯繫。數百萬年之間，古花蓮溪在源頭高聳的秀姑巒山眺望海岸山脈，與池上以北來自海岸山脈西坡的小溪匯聚為一，老早忘了海的味道，直到來自海岸山脈東坡的「野溪」又捎來太平洋的氣息。

在板塊運動的鼓動下，這條年輕溪流的侵蝕基準一再下移，擴大溪床與海平面的落差，流速因此更急，侵蝕力道加劇，日夜淘挖，終於穿破海岸山脈，向縱谷探頭，遇見古花蓮溪，迫使古花蓮溪戲劇性地向東拐折，貫穿海岸山脈，以秀姑巒之名，提前奔向太平洋。

海岸山脈是海底火山噴發的產物，但一開始深海火山並未猛烈噴發，熔岩只是溫吞地向上溢出火山口，塊狀輝綠岩和厚厚一層安山岩先後誕生，疊成「奇美火成雜岩」，那是海岸山脈中段最古老的岩層。接著才是淺海猛烈的火山爆發，那是一千一百萬年至一千七百萬年前的故事，製造了許多火山碎屑，愈靠近火山口，火山角礫岩愈粗大，離火山口愈遠，火山角礫岩愈少也愈細，凝灰岩反而多了。劇烈的火山把噴發物堆積在古老的「奇美火成雜岩」之上，疊成厚而堅硬的「都巒山層」，那時呂宋島弧尚未撞上古臺灣島，海岸山脈離我們還很遠。

都巒山層是海岸山脈山頭出露的主要地層，蹲在秀姑巒溪出海口的奚卜蘭島就屬於都巒山層，本來就是海岸山脈的一部分，質地堅硬，耐得起沖蝕。奚卜蘭島嬌小玲瓏，杵在河口，彷彿為一水之遙的海岸山脈抱不平，悍然地將秀姑巒溪的水流一分為二。

秀姑巒溪夏秋水豐，河口廓然開朗，寬逾七百公尺，此時若浪頭湧進河道，長驅直入，往往可推進數百公尺之深，至少一百五十年前，中國戎克船就進出「秀姑巒大港」，小船更可以藉著潮汐直溯上游，光緒時代的地圖描述秀姑巒溪口「水深十丈，西南風時可泊大船」；一八八七年卑南同知歐陽駿建請開港，後無下文，不過「大港口」之名從此進入漢人的世界，直至今日我們仍沿用這個名字。

豐枯交替，冬春正逢秀姑巒溪枯水，這時沙石盡情堆積，在奚卜蘭島南北兩側綿延成一線，出海口變得狹窄，舟船不好通行。直到五月，颱風降雨，水勢又逐漸豐沛，大水沖開積沙，河口再度通朗。

一年之中有幾個月奚卜蘭島以積沙與陸地相連，使她看起來像一座陸連島，要接近甚至登上奚卜蘭島其實並非難事。不過島上枝葉蔚然，保有原始而少見的海岸林相，最特別的是密布荊棘植物，渾身長刺的崖椒像乩童的法器鯊魚劍，魯花樹的幹基和幼株也滿布

從港口神社遙望奚卜蘭島

一年之中有幾個月奚卜蘭島以積沙與陸地相連，看起來像一座陸連島，要接近甚至登上奚卜蘭島其實並非難事。不過島上枝葉蔚然，保有原始而少見的海岸林相，最特別的是密布荊棘植物，渾身長刺的崖椒像乩童的法器鯊魚劍，魯花樹的幹基和幼株也滿布棘刺，飛龍掌血是半藤本灌木，就算攀附在其他植物上也是尖刺逼人。

（攝影／王威智）

棘刺，飛龍掌血是半藤本灌木，就算攀附在其他植物上也是尖刺逼人。奚卜蘭島的密林在有刺「護衛」的屏障下，受到原始海岸林的包覆，密不透風，令人卻步。

筋疲力盡的文助一行人漂流至此，正逢冬末秀姑巒溪枯衰時，他們在外海猶疑不決之際看見的チョプラン島，很可能和我們現在看見的奚卜蘭島相去不遠，一樣莽綠。他們視野中的河中島像個標誌，文助後來應該知道了，チョプラン的土人把橫在河口的小島當成出海返航的地標，航向チョプラン島就是往回家的路。

當第一批鐵了心上岸尋求活路的五人乘坐小船登陸，圍觀的土人合力將船拉上沙灘時，文助就展開了以チョプラン為家的短暫歲月，他的同伴則在不久後就永遠停住在南國的異鄉了。

文助和安兵衛在チョプラン住了下來，文助獲得漢籍頭人的收

留，安兵衛則寄宿在土人家裡，無可奈何地服勞役。很難說這算不算綁票，但兩人以勞力支付贖金似地換取溫飽，這倒是事實。

在チョプラン待了兩年以後，安兵衛一病不起，奄奄一息。我們相信文助以親友的身分接受土人的建議，依照當地風俗送走了安兵衛。他用菅蓁為安兵衛編了一張單人床，鋪上一件草薦，再鋪上一襲鹿皮，讓冰冷的安兵衛側臥著，屈縮他的手腳，找個合適的地方，與土人合力挖出一個大坑，將安兵衛安葬入土。他聽見巫師招魂祭鬼時念念有辭：

Katani to kiso　你來
Paka nao xo　iam kiso　給你吃

巫師對鬼魂說：「不要讓我們生病，希望你住在這裡。」然後才為安兵衛祈禱：「願你永遠生活在神界之中。」

第二天，文助依當地習俗到海邊捉魚採海菜，解除喪葬期間的禁忌，前往安兵衛平常活動的田野走走，作點象徵性的工作，之後回到常軌。如果亡者是村子裡的土人，那麼在回復正常生活的過程裡，與亡者同一氏族的親友將結伴同行。文助只能獨自一人在山邊海邊漫無目的地走著。安兵衛只有文助一人。

文助想起兩年前的經歷，想起那些和他一同度過凶險旅程的夥伴。在チョプラン的日子過得還算安穩，除了驚人的颱風和勞役的約束，文助並未受到囚禁，可是他不知道自己撐不撐得過去。土人樂天知命，幾乎不鉤心鬥角，他們沒有曆表，連自己的歲數也不太清楚，只是讓日子隨著時令前進。

文助也學著讓日子隨時令推移，一天一天，陌生的山川漸漸變得熟悉而親切，他甚至習慣了土人的飲食，無論紅薯還是芋頭，都不再是困擾了。

頭人沒有對他立下特別的規矩。他是頭人的人，所以土人不會任意要求他幫忙耕田，更不會邀他上山打獵。チョプラン地方沒有水田，只有旱田。土人種植米、粟、粱，還有茄子、黃瓜、西瓜和蕃椒，紅薯和芋頭種得最多，他們不是站著用鋤頭除草掘地，而是蹲著，手拿短鍬幹活。一開始文助受不了長時間蹲著，常常猛然一站，兩眼昏花，眼前一片烏黑，久了才稍稍習慣。

チョプラン氣候溫暖，就算冬季也不怎麼冷，大概和日本仲秋時節相似，不見霜雪，草木也不枯萎。冬春之際種下秧苗，五月收割，緊接著再種，九月、十月又收穫一次，粟一年一作，收割時大約也就是一年的盡頭了。

土人樂觀而安分，工作時不偷懶，節慶時縱情飲酒作樂。他從頭人和瑯嶠來的商人得知チョプラン是中國領地，受臺灣府管轄，但這裡太遠了，官府鞭長莫及，土人不用繳稅納貢，倒是收割時節土人相聚成群，宰殺豬隻，舉辦酒宴，跳舞慶祝。文助遇過幾次土人的豐年祭，全村總動員，家裡一個人也不留，男男女女穿上繫著鈴鐺的衣服，兩隻腳纏上貝殼製成同樣帶有鈴鐺的飾物，手牽手圍成圓圈，人數多的三、五十人一起唱歌跳舞，鈴聲與歌唱相和，節拍整齊。

頭幾回，文助只在一旁聆聽，雖然聽不懂土人唱些什麼，但氣氛歡樂熱鬧，讓他也跟著愉快起來。待在チョプラン的最後一年，文助和土人一起在豐年祭裡唱歌跳舞，他仍然沒聽懂土人的歌曲，一再重複的母音像某種迷藥，讓人在歡樂的歌聲和吆喝聲中產生幻覺，在陽光下隨著汗水往天空蒸發。

歡欣無比的豐年祭少不了酒，祭神感謝豐收需要酒，耳熱也需要酒酣，整個村子瀰漫著酒香。文助細心觀察了土人釀酒的材料和步驟，由於了解製酒的過程，所以文助不喝此地的酒。

土人釀酒的材料是小米，分成三份，個別處理。首先他們仔細清洗小米，靜置在竹籠裡，四、五天後酒麴就冒出來了。接著用蒸籠把另一份小米蒸熟備用。再來土人全家用心漱口，聚在一起把另一份蒸熟的小米嚼碎咬爛。最後，他們把三種分別用不同方法處理過的小米混在一起，加水裝進桶子，放個十來天便大功告成。

如果要喝酒，得把過濾酒粕的竹籠沉入桶裡撈出酒汁。文助已經很長一段時間沒喝酒了，我們也不知道他有沒有喝酒的習慣，但可以肯定土人那一套醇釀大法讓他倒足胃口，所以無論經土人之口吐哺的特製小米酒再怎麼香溢九天，他也沒興趣一試。

チョプラン土人的生活盡量自給自足，沒有專門的工匠，即使蓋房子這樣的大事也自己來。文助曾自告奮勇出手協助一戶人家建屋，他和土人花了兩天從山裡砍來樹木當作梁柱，土人根本沒測量，拿起斧頭便又削又砍，把樹木修成自己想要的樣子，然後往地上挖柱穴，把柱頭埋進土裡，梁柱交接處則用藤條和竹篾綑束綁緊。

牆壁用較細的木條和梁柱連接起來，內外覆上藤廉竹幕，再縛上茅草。四面牆都開大窗，但沒有窗扇，日夜敞開。出入口只有一處，門扉用裁切後的木板拼成，內外都覆蓋竹片，再用細藤穿過門板上事先鑽好的小洞加以固定，土人不用鐵釘，需要固定的物品都用藤竹來綁。

這讓他想到上岸那一天，土人在風雨交加的夜裡趁亂衝上順吉丸，把可用的東西搜刮一空，連鐵釘也一根一根拆下來，但既然他們用不著鐵釘，為什麼還那麼費事？

文助一無所有，只有多到用不完的時間。除了煮鹽、砍柴或到海邊撿螺拾貝，偶爾也下田幫幫土人。他在無意中還做了一件小事，讓土人感激莫名。

チョプラン土人擅長編織，女子織布，男子則從山裡取來藤莖，加工編成各式各樣的生活器具。他們很仔細地把藤莖析成篾條，交叉縱橫編成比一張單人床還大的座席，大約七尺長四尺寬，只在酒宴場合才會鋪在地上使用，尋常日子裡藤席被當成床板，睡覺時鋪上鹿皮，就這麼躺到天亮。土人躺慣了，稀鬆平常，文助卻深以為苦，儘管在土人自製的器物中，他認為唯一稱得上精美的就只有這種藤席，只是鹿皮掩蓋不了藤篾交錯的凹凸不平，一躺下去，背疼難耐，非常不舒服。

有一天，文助割來香蒲，曬乾後編成草蓆，鋪在鹿皮下，這才好多了。他讓土人也躺躺看，凡試過的沒有一個不露出欣羨的神情，紛紛向文助索討。他編了許多草蓆送給土人，人人大為喜悅，後來土人也學著編，不久便在チョプラン地方傳開了，等到文助離開時，草蓆已經是當地三個村落的家居必備品了。

無論時間快或慢，文助即將熬滿四年，與土人的約束終於可以結束了。一八〇六年秋天，文助一心盤算回國之事，當馬安再次來到チョプラン，他找了個機會向馬安透露返鄉的念頭，前一年馬安曾經跟文助說過如何從此地回到日本，那是一趟遙遠的旅程。

時候到了，馬安知道此地的規矩，也理解異地終究不是故鄉，何況又在千里之外。他豪爽地答應助文助一臂之力。有天夜裡，馬安和頭人就著微弱的油燈喝酒聊天，兩人都喝了不少，但還算清醒。

「文助已經遵守約定在チョプラン待了四年，可以離開了。」馬安說得若無其事。頭人看了馬安一眼，笑著說：「這是當地人的規矩，我不過是隨俗。」馬安回道：「那麼就讓他隨我回臺灣府，剩下的就讓他自己和官府傷腦筋吧。」頭人點點頭，又向馬安勸了一杯酒。

馬安的船滿載山豬野牛，文助在豬啼牛哞中經枋寮抵達臺灣府，不時請馬安帶他去官府請求協助。無奈文助只有一人，不可能派船專程送他上路，一時之間又找不到順風船。在不安焦急的等待中，文助在臺灣府過了年，直到春天馬安再度前往チョプラン，文助只好跟著馬安回去。這一年物產不足，收不到足夠的土產，文助不得

已只得跟著馬安留在チョプラン，直到隔年三月。

一八〇八年三月十三日一大早，馬安急匆匆跑去跟文助說海邊漂來了外國船隻，文助問起漂流客的長相，馬安說看起來跟文助差不多，要文助去探個究竟。文助立刻跳上竹筏，不久就看見一艘來自日本薩摩地的船隻，船上有二十三名船員，前一年十二月出港，目的地是北方的大阪，不料途中被風雨吹離航道，四、五天前漂流到「賊人之島」——也就是嚇壞文助一行人的那座島，狼狽之餘，只好棄船改乘駁船逃到チョプラン。

文助描述自己的經歷，警告他們別上岸，也不要接受土人的協助，否則接下來四年會被留下來當雜役供他們差遣。文助又說：「把你們身上的衣服脫下來拿去跟土人換米，我願意帶領各位去臺灣府，要求官廳協助我們返國。」

永柳丸的船員一聽，立刻交出十件衣服交給文助，文助請馬安拿著衣服去和土人交換稻束，總共換到六百把。他們不敢下船，每天在船上忙著脫去穀殼。船長源五郎對馬安說：「依據我國法令，不論漂流到什麼地方，只要見到同胞，無論如何都要帶他平安歸國，若有差池，一定會受刑責處罰。所以文助絕對不可以留在チョプラン，必須跟我們走。」

三月二十五日，文助等人從チョプラン出發。啟航前馬安告誡文助：「不論遇到什麼事，從這裡一直到瑯嶠，不要靠近海岸，更不要上岸，否則一定會惹上麻煩。此外，頭人和我兩人留養你這件事，千萬不可以走漏半點風聲，尤其是官府。」

馬安拿出十兩銀子送給文助，無論如何推辭，馬安就是不肯收回，文助只好收下。告別馬安，告別岸上前來送行的大群土人，此

情此景讓文助不禁想起初到チョプラン的情景。

開船之後，二十四人輪班不分晝夜拚命划船，順風時張帆加速航行。四天後天快亮時抵達瑯嶠外海，他們暫時停下休息。天亮了，文助獨自上岸前往馬安家中，取回前一年留在那兒的衣褲，但真正的目的是把銀兩交給馬安的妻女，作為告別之禮。

文助回到船上，從瑯嶠至枋寮海路大約十里，當天傍晚就抵達枋寮了，當地人合力把船拉上岸，還帶著文助一行人前往官府，說了漂流的始末，文助也描述過去幾年一個人留在チョプラン的情況，當地官員從未聽說過チョプラン地方的情況，個個大為驚嘆。

此後，文助等人取道鳳山縣，前往臺灣府，在那裡滯留到六月。滯留期間，他們再次交代了漂流歷險的經歷，受到盛情而週到的招待，也見識了繁華的臺灣府城。

臺灣府熱鬧富庶，城牆規模驚人，上頭可行轎走馬，市街擾攘，米店、魚店、藥店、布帛店、玩具店、磁器店、菜屋、飯店、屠市、妓樓，還有四十幾團戲班，榮景有如江戶。

六月三日吹起南風，一行人在兩名文武官員和及十個隨從的護送下搭船離開臺灣，四天後進入廈門港，之後經廈門、杭州、嘉興，分兩批從浙江乍浦出發，文助等十二人首先於十月十七日搭上七號唐船，整整一個月以後才抵達長崎。

即便踏上日本國土，文助的返鄉之旅仍未結束。直到一八五四年結束鎖國之前，日本嚴禁天主教，疲憊不堪的文助一行人一下船就被命令踐踏聖母瑪利亞像、耶穌十字架像，好證明自己不是天主教徒，一路上收到的禮物如蒲扇、綿襖、嗶嘰外罩、衣帶、木綿單衣、木綿內衣、褲子、鞋子、雨傘、竹筐、煙管、煙草、手巾、坐墊、麻繩……，全數遭到扣留，最慘的是，進港時已入夜，經過一番折騰直到深夜，最後竟被送進大牢。接下來大半年，他們面對無止無盡的訊問，從土人的風俗、居家，到日常器物乃至經濟產業，無所不問。

文助是最後一個走出監獄大門的漂流者，那時已是一八〇九年六月。又過了三個月，在官員陪同下，文助從長崎出發，踏上歸途，十一月抵達江戶，終於在一八一〇年元月初回到北海道松前府，這已經是文助漂流後第九年了。

我們現在知道チョプラン的阿美族人認為Ci'poran氏族的祖先從Sanasay（今綠島）渡海而來，在臺東登陸，最後來到這片河海交會之地，建立Ci'poran社，與後來的氏族聚居成為臺灣東海岸最大的阿美族聚落。我們也知道海岸山脈是名副其實的漂流者，甚至在發育過程中途轉向的秀姑巒溪也是一條漂移之河。

文助可能直到離開都不清楚收容他的土人究竟屬於チョプラン地方的哪一個部落，更不會知道土人其實也來自別地。假如文助獲知漂流終點的山川與人都來自四面八方，會不會對這一段「靜止的旅程」頓生一絲寬慰，對於回家這件事又會否不那麼掛心呢？

文助或許看過如今已消失的白色奚卜蘭。阿美族老人說從前奚卜蘭島入夜後會變得一片雪白，因為那是白鷺鷥的棲地，回巢的白鷺鷥如一個個色塊，把夜晚的奚卜蘭島塗白了。他在這裡住了四年，對チョプラン島一定不陌生，但他一定不知道為什麼チョプラン島在他離開一百年後會被稱作「辨天島」。

《臺灣地名辭書卷二・花蓮縣》記載「日人所稱『辨天島』可能係緣自嘉慶八年日本船師文助之姓氏。」這顯然是錯誤的臆測，最多只是一場巧合罷了。日文「辨天」兩字有宗教意涵，「奚卜蘭島」之所以是毛利之俊筆下的「辨天島」，必然是日治之後日本人給予的稱呼，合乎母國的習俗，不但慰解鄉愁，也討吉祥，與文助的漂流事蹟並無牽連。

關於文助的身世，我們只知道他是奧州津輕郡鯵澤（今本州青森縣西津輕郡鯵澤町）農家之子，長大後前往箱館，由於某種因緣認了箱館辨天町一個名叫文助的人為父，後來還以其名為名。他是一個受雇於船東的普通船長，不但不是順吉丸的主人，甚至還跟著順吉丸同時換了老闆。總之，文助本名不詳，而「辨天」只是箱館轄下一町之名，多半就是文助成年後居住之地，不是他的姓氏。

《臺灣地名辭書》誤以「辨天」為文助之姓，順理成章地推論日本人為了紀念「辨天文助」的漂流事蹟，於是將「チョプラン嶋」

稱為「辨天島」，這是把牛頭接馬嘴，文助不姓「辨天」，漂流至此的日本水手也不只文助幾人。

文助的漂流之旅本來只是一趟例行的航程，箱館與宮古港間僅僅隔著津輕海峽，可是這一趟風波不斷，最後靠岸之地是他們聞所未聞的チョプラン，與江戶相去千浬。

チョプラン是兩百年前文助漂流的終點，也是意外的南國之旅的起點，那是《東臺灣展望》問世前一百三十年，日本嚴密鎖國的時代，美麗的小島還不是「辨天島」，世居此地的阿美族說チョプラン是祖先漂洋過海的定居之地。

チョプラン也是一六四〇年荷蘭東印度公司聯合卑南人，擊潰里壠社之後派兵駐守的 Soupra，這是我們所知關於小島名字最古老的文獻紀錄。

一八七五年夏，福建巡撫王凱泰渡海來臺，那時羅大春已開通北路；九月，王凱泰因病離開臺灣返回大陸就醫，十月不幸卒於旅次。王凱泰或許曾經聽說七十年前發生在泗波瀾的文助漂流始末，阿美族人近乎軟禁地收容了一個迷航的日本船長，或許他也跟當年對臺灣東岸一無所知的福建官員一樣，聽得目瞪口呆。

王凱泰病中寫了〈臺灣雜詠續詠〉，其十二之九是歌詠花蓮最早的舊體詩，也是他最後的作品之一：

泗波瀾外海雲封，踏遍花蓮亂石蹤。
鳥道羊腸今已鑿，且銷金甲試春農。

對於花蓮，王凱泰的印象只有重山亂石，交通不便，幸而北路已從「蘇澳開山直達秀姑巒」，山既已開，意味「撫番」略有成績，戰事可以稍歇，居民可以下田耕作，過過正常日子了。他對臺灣的未來過於樂觀，他看不到臺灣即將面臨的巨變，他離世十年後，臺灣脫離福建，獨立建省；又過十年，臺灣易主，不再是滿清疆土。

那些聚集在秀姑巒溪口看熱鬧的土人，那些出手拉文助上岸的土人，那些向文助索討草蓆的土人，所有與文助相處了四年並教會文助日常用語的土人，一樣想不到同一個世紀的最後幾年，他們的後代將被迫學習文助的文字和語言，而標註祖先足跡的チョプラン島將短暫地改稱「辨天島」。

幾乎沒有人記得奚卜蘭島曾經叫做「辨天島」，當然不會想及金子美玲促狹的〈辨天島〉，如今也罕有人稱「獅珠嶼」或「獅球嶼」，在南島民族氣息濃烈的島嶼邊緣，中國氣息顯得突兀了，奚卜蘭無獅，瑞獅護珠戲球的景象真的難以揣摩。

世事流轉，卻總有不變的事物。攤開地圖，在電腦上啟動Google Earth，或者親自踏上秀姑巒溪出海口的沙洲，凝視這座嬌巧的翠綠小島，我們不太相信她是一座島嶼，寧願把她看成一顆岩石，事實上她真的只是一顆巨大而堅硬的都巒山層岩石。於是我們的官方忽略她的存在也就不奇怪了，「國土測繪中心通用版電子地圖」裡找不到奚卜蘭島，「臺灣地區地名查詢系統」檢索不到奚卜蘭島，若在「線上地名譯寫系統」輸入「奚卜蘭島」，我們將得到這樣的回覆：

所查詢之地名尚未建置在本系統資料庫中，請依據內政部訂定之「標準地名譯寫準則」及教育部定頒之「中文譯音使用原則」譯寫。

原來奚卜蘭島是不通用的國土。在南島民族的天地裡，人們不爭辯國土非國土，他們知道各自的界限，不需要地圖的線條色塊來提示，他們的地名融乎天地，都極美麗。南島民族指稱造物萬化往往直驅事物的核心，不囉嗦，不迂迴，令人讚嘆而喜悅，發自南島語族之口的母音與子音所綴結而成的音節如音符，迴盪在辭彙的誕生地，洋溢著誘人的情調，無論以任一種文字形諸任一種載體，都讓習於象形指事形聲會意的我們情不自禁地戀而愛之。

那些陌生的拼音擁有巨大的力量，得以輕易穿透文字的紗幃，洄游於時間之流，既朦朧又深刻地傳遞人們對臺灣東海岸某個角落的理解與誤解：Ci'poran、チョプラン、奚卜蘭，以及躲藏在中文文獻裡的種種變體：

四鉋鑾、泗波瀾、泗坡瀾、泗波蘭、芝舞蘭、芝波蘭、芝母瀾、薛波蘭、繡姑鸞、繡孤鸞、秀姑巒、秀姑鸞、秀孤巒……

Ci'poran 意指「在河口」，奚卜蘭島即「河中島」，秀姑巒是一顆小島的名字，也是一個村落、一條河流，一座大山和一座從未闢建的港口的名字。土人說 Ci'poran，蝦夷地船師文助聽成チョプラン，對他而言，チョプラン只是一串音譯後沒有情感牽絆的音節。

文助一心想著回家，當時機來臨，土人如四年前張望落難的異鄉客那樣群集岸邊，揮手送別隻身倖存的文助。

文助在薩摩同胞的船上望著愈來愈遠的チョプラン島，土人的

身影愈來愈小愈模糊，手卻揮個不停。他知道，再過一會兒，揮動的臂膀會放下，土人將繼續著芋粱粟反覆的日子，繼續 Ci'poran。

吳阿再溝

地名的轉徙扭曲前人對土地的印象，如「花蓮」，美則美矣，卻未必比「洄瀾」生動高明。在「回文」催芽劑的鼓動下，蓮花從「諧音」的土壤冒出頭，長成一縣之花。此外，「花蓮」並未勾起人們對花蓮更多的想像。

地名的遷變還抹煞土地的身世，如「吳江」。說起「吳江」，多數人想到的可能是太湖邊上的千年江南古城，而不是秀姑巒溪上游東岸一個僅僅百年的小山村，因此如果沒有人知悉開村先鋒吳阿再這號人物，一點也不奇怪，何況吳阿再真的是一個小人物。

吳江是富里鄉最北邊的村子，全村幾乎都處於山區，九號公路沿線住家最密集，顯出聚落的模樣，少數村民村民沿著吳江溪築屋而居。單就名字看不出吳江溪的水勢，不過名中帶江，水勢應當不弱，實際上卻是一條委靡的小水，從海岸山脈的山腰有氣無力地往西流。如果吳江溪自覺貢獻綿薄而向秀姑巒溪致歉，那麼它的歉意不會受到絲毫懷疑。

吳阿再是開村先鋒，但在成為開村先鋒前，他是個逃兵，也就是說吳阿再因為逃兵所以才成為開村先鋒。但這樣描述吳阿再之所以成為開村先鋒這件事，似乎失之粗簡，「逃兵」兩個字又來得沒頭沒腦，對他並不公道。

事情是這樣的，一八九六年日軍從卑南登陸後迅速擊潰清軍，沒花太多力氣就收服了東臺灣。吳阿再所屬的鎮海軍吃了敗仗，他跟著大家逃亡，跑呀跑，部隊潰散了，同袍在臺東縱谷四處流竄。他不但無營可歸，至高無上的主子甚至一夕之間從光緒皇帝變成明治天皇。

基於人身安全與國族忠誠，吳阿再不僅必須逃命，還得逃兵。

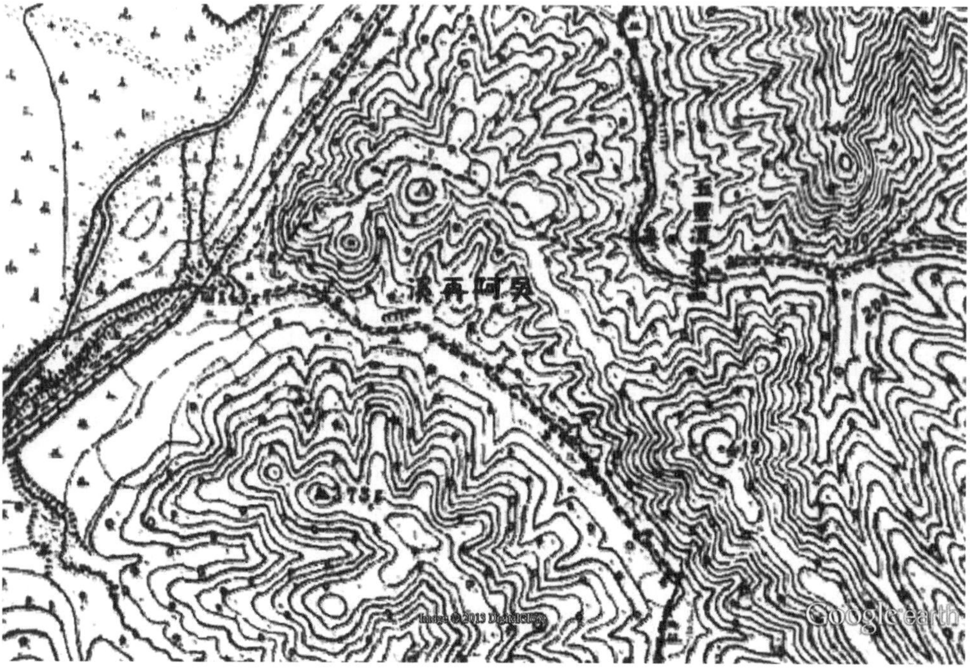

吳阿再溝

吳阿再溝以「吳阿再溪」之名被標註在日本測繪的地圖。繁密的等高線猶如掌紋，吳阿再溝則像生命線，標示了吳阿再從天朝兵勇淪為逃兵並流落花蓮山間的餘生。

（引自臺灣百年歷史地圖「日治五萬分之一地形圖（陸地測量部，1924）」，中央研究院地理資訊科學研究專題中心，http://gissrv4.sinica.edu.tw/gis/twhgis.aspx）

那時，吳江還是一片人跡罕至的山區，沒有文雅的名字，事實上那裡只是一片無名蓁野，由於吳阿再，無名蓁野有了名字。

日軍轉進臺東後曾經勸降，鎮海後軍前營統領袁錫中一收到勸降書，馬上逃之夭夭。袁統領的舉措並不令人意外，他的上司臺東直隸州知州胡鐵花早在前一年五月就預立了遺囑，那天是臺灣民主國開國第四天。又過了短短七日，大總統唐景崧扮成老嫗，帶著銀兩溜出臺北城，在淡水搭上德國商輪鴨打號逃往廈門，民主國大業立刻從臺北落到臺南的大將軍劉永福身上。

戰爭期間最早被砲火擊斃的通常是意志和決心，袁統領只是以上司為榜樣，照辦而已。副統領劉德杓還算有點骨氣，糾合了前後左右各營殘眾，退守新開園。四月，謠傳日軍打算組成討伐隊大舉進攻新開園，不久大家就都知道那不是謠言，因為日軍以實際行動為鎮海軍的全體將士證實了這項攸關存亡的情報。

五月中，日軍討伐隊從高雄搭艦前來，負責攻堅的恆春出張所所長相良長綱首先派人說服原住民組成「義勇隊」在新開園附近駐防。日軍主力登陸前一天，劉德杓率領部眾攻擊，造成二十多人傷亡後退回新開園，幾天後日軍就發動全面攻擊了。

那天或許是一個晴好的五月天，東方才透亮，新開園營盤南邊的崗哨就響起槍砲聲，悶悶的，多數人還昏昏沉沉，聽見槍響的哨兵也沒怎麼在意，直到一枚火炮從天而降，打中軍械室一角，炸傷幾個倒楣的士兵，有一、兩個癱在地上沒能再動。眾兵勇這才乍然清醒，一抄起身邊的長槍卻看見日軍前鋒擎著太陽旗衝進南哨，哨兵驚慌奔逃，可惜沒躲過子彈，兩副軀體像穿了洞的紙片扭了扭便歪倒在地。

吳阿再遠遠瞥見東洋大軍的儀束和裝備，不禁楞呆了。他低頭看看身上寬鬆的布衣和扎腳的草鞋，突然覺得自己好像正準備下田鋤草，而不是打仗，頭上頂著大圓帽，帽簷寬大得不像話，用來遮太陽似乎更恰當。

前一天晚上，統領劉德杓——他已經從副統領自動晉升為統領了——集合眾人，信誓旦旦說就算只剩一兵一卒一槍一彈也要力抗日本倭奴，以身殉國，人人豪氣沖天，紛紛應好。可惜鎮海軍根本不是對手，既鎮不了海也壓不了陸，一干兵勇像受驚的鴨陣，胡亂回了幾槍，便哄然四散。

劉德杓且戰且退，帶著部眾一邊回擊一邊逃竄，一開始，吳阿再和幾個同袍跟著劉統領沒命地跑，後來他們在茂密的雜林和高過人頭的菅芒叢中迷了路，怎麼鑽也鑽不出去。從日頭的方位，吳阿再得知他們往北，而劉統領似乎朝內山而去，方向在西。

吳阿再沒看錯，劉德杓確實直往山裡去。新開園失守後，劉德杓經綢綢社，走璞石閣，翻越中央山脈，投奔了「抗日三猛」之一的雲林鐵國山柯鐵虎。劉德杓來自長沙，是個武舉人，可能知悉兵法，所以受任為軍師。鐵國山民軍出沒於雲林、埔里之間，經常出擊日軍，日軍當然無法容忍這一夥人，於是分路進擊。一八九七年，劉德杓被日軍逮捕，入獄拘禁，三年後遣返中國，此舉據說是日方為了引渡同為「抗日三猛」之一的簡大獅回臺所開的條件。

往後的發展吳阿再其實不感興趣，當時為了保命，也無暇多想，只能繼續逃。他邊跑邊回想從軍的經歷，他一點也不喜歡打打殺殺，當他意識到他的軍旅生涯可能到了盡頭時，突然發覺四周安靜得嚇人，槍聲熄了，似乎甩掉追兵了，回頭一看，原本跟在後頭的同袍

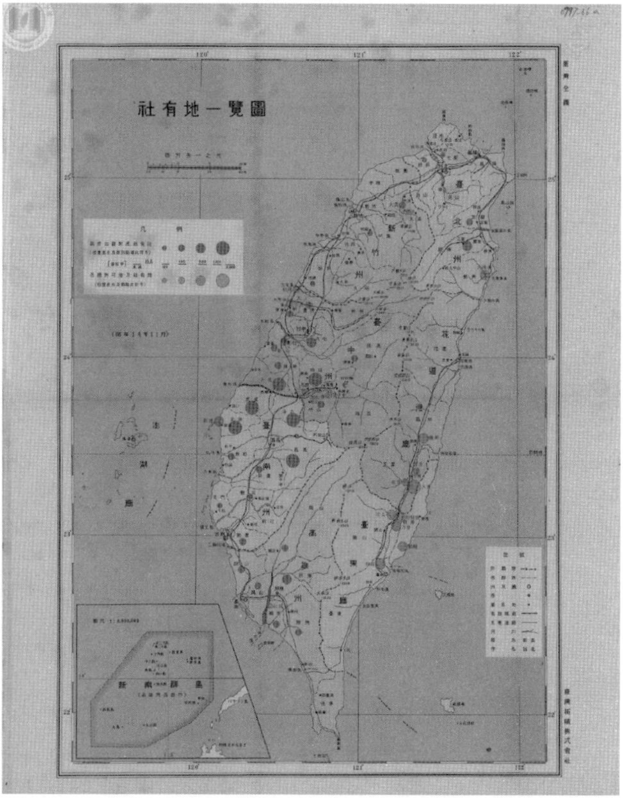

臺灣拓殖株式會社社有地一覽圖

「吳阿再溝」之名出現於日治初期，附近的山區一直被認定為官有山林地而列管在案。一九三九年，日治臺灣三大國策公司之一的臺灣拓殖株式會社取得吳阿再溝附近山林地的開墾權利，也就是圖中東線鐵路西側以大里（今東里）為名的紅色條紋圓圈範圍內的林野，那是一片廣大的「許可地及社有地」，南方不遠處的新開園就是鎮海軍吳阿再從中國派駐到臺灣最後駐守的據點，也是吳阿再「嶄新」人生的起點。

（來源／國立臺灣圖書館）

都不見了。雖然吃敗仗時任誰都很難幫上誰，但他們怎麼會一個一個不見，只剩他一人呢？

風吹得很輕很輕，草莖偶爾微微撳動，枝梢近乎靜止，太陽已經爬到頭頂。熱，又悶，這種天氣一連持續了半個月，午後偶爾摔下一陣短促的暴雨，第二天日頭一烤，土氣跟著水氣從地裡蒸發而上，聞著很是難受。陌生的林莽裡只有吳阿再的喘息和汗水滴落草葉的聲響，他把槍甩進草叢，帶著槍在荒蓁蠻野爬上跳下，礙手礙腳，不如扔了，反正以後也用不到。他一直跑，不敢逗留，他不想淪為俘虜，北方還有幾個據點，應該還沒被擊破。

吳阿再一直跑，喘得跟條長毛狗似地，直到遇見一條小溪才敢歇腳。他估計從一早開始至少跑了兩個時辰，離新開園一定還不到五十里，這裡一定也是前營的防區，他想，至少是鎮海後軍的防區。

「但什麼地方啊這是？」吳阿再邊喘邊抱怨，他沒料到從那一刻起那片荒野就是他餘生所繫之處，可是那片淺山真的很偏僻，十足蠻荒，後來他才知道連阿美人和西拉雅人也不在附近種田或打獵。

梅雨季剛過，天氣竟然比湖南老家的盛夏還熱。吳阿再在溪邊停下，蝦著腰，雙手撐著膝蓋喘氣，過了一會兒又蹲下捧了幾口水送進乾得發燙的嘴。他坐下來，撕開前襟被樹枝勾破左袖斷了一截的制服。

那件顏色鮮明的大袖短衣上頭鑲了一條深色闊邊，前胸後背各有一塊白色圓形印布，裡頭繡了個「兵」字。他躺在草地上，瞪著手裡抓著的制服，心想這件軍衣留著多半會是禍害，於是挖了個坑，像殺了人藏屍一般把衣服埋進坑裡。

眼前的小溪清而淺，如果決定繼續逃就得涉溪到對岸，那不是問題，只是累極了，他想休息，歇夠了再打算。他摘了一串黃透了的野蕉，跳回溪床，坐在石頭上吃了兩根，有點澀，但不至於不堪下肚。

溪床布滿礫石，溪岸也是，從牛身一般大到比拳頭小的都有。他沿著河岸上溯，好不容易找到一片半張草席大的沙地，放身一躺，伸手遮陽，稍稍張開指縫，藍天白雲就透進眼裡。日頭依舊猛烈，他折了一張幼嫩的蕉葉覆在臉上，翠綠薄軟而微微透光，他甚至感到葉片裡汁液緩緩流動的涼意。

溪水輕拍石礫，節奏重覆，音高單一，吳阿再感到愉悅與平靜，這是他離鄉以來第一次擺脫緊張和危險。除了溪水製造的單調無奇的旋律，他沒有聽見其餘聲音，他在藍天太陽白雲綠葉之下讓潺潺的聲響流進耳朵。

山裡一定有充足的水源，他想，有水就過得下去。他換了一片蕉葉，原來那一片墊在沙灘上。他忘了聽誰說臺灣的鎮海軍要招募兵勇，餓怕了的青年吳阿再鐵了心告別雙親，安慰他們說鎮海軍的老祖宗是湘軍，營裡一定很多鄉親，要兩老放心，過幾年混出個名堂必定衣錦還鄉。

他想方設法渡海到臺南，到了臺南才弄清楚需要兵力的是鎮海後軍，而鎮海後軍在大山另一邊。吳阿再一心混飯，跟著營官走了幾天才到卑南，沿路避開土人部落，據說他們十分剽悍，有出草的習俗。他問出草是什麼，帶隊營官抽刀往他脖子一劃。

吳阿再驚醒，臉上的蕉葉被風掀到一旁，河岸的芒葉被風舞得如亂劍，他摸摸脖子，竟然滲著血，低頭一看，胸前也有割痕。吳阿再跳進一窟小池，洗去身上的血跡，拎著那串蕉，踏著小溪繼續上溯。他在平地和丘陵交接處找到一棵大樹，爬上樹，在天色完全暗下來的那一刻吃完最後一根芭蕉。

這麼好一個地方，怎麼沒有人家？

他結了一幢草屋住了下來，運氣好的話，一年只需換一次草，如果颱風多颳幾回，那就只能勤快點，一補再補。他開墾了一塊水田，從小溪引水灌溉，省了挑水。這裡水土都好，半年就收成，如果風雨調和，往往收穫一期就可吃上一年，不然也有甘薯充數。

還有一片菜園，吳阿再胡亂種了些白菜、茄子。他從別處挖來三株桔樹，立在菜園角落，芭蕉到處都有，屋旁就冒了一叢，不必費心栽種。吳阿再不養豬也不養雞，從小到大他沒怎麼吃過肉，殺

吳江溪

吳阿再溝源自海岸山脈，政權再度易手後，有了吳江溪這樣一個文雅的名號。慌亂之中，吳阿再被迫自己為自己除役，遁入山區，他的日本時代是依著這一條小溪度過的。安然睡過關鍵的一夜，吳阿再就是平民了，腰間的佩刀變做開山刀，他一路斷草開山，直往山裡去。

（攝影／王威智）

戮也讓他對肉不感興趣，興致一來，溪魚溪蝦也夠解饞了。

他偶爾想起老家，爹娘應該都不在人間了，也好，窮到幾乎必須吃草啃樹皮的日子沒什麼好過。他現在過得比爹娘舒爽百倍，兩老有靈一定感到安慰。

住了一、兩年，吳阿再偶爾下山會遇見大庄的西拉雅人甚至璞石閣的漢人，有一次他還看見從前在新開園結識的小販，但他遠遠躲開了。每個人都對他獨居在那麼偏僻的地方感到訝異。為什麼不搬到平地？戰火已經平息了。吳阿再總是微笑，沒有人清楚他的來歷，彷彿他是從蓁莽中憑空蹦出來的。

「吳阿再住的溝」漸漸傳開，溪流有了名字，有人遷來居住也順理成章用做地名，但這名號長得有些彆扭，於是有了簡化版，「吳阿再溝」。荒山野溪有了人煙，人們開始互通聲息，換有易無。

有一天來了個鐵匠，他聽說有人住在離平地十里路的山上，忍不住好奇，走上半天果然看見一間草屋。吳阿再正在屋側棚子下生火，鐵匠湊近打招呼，要了水喝。

「這水真甜。」鐵匠啊地一聲，十分暢快。他注意到棚柱上掛著一把刀，不但鈍，刀鋒還損得很厲害。「老兄，這刀該換了。」他頓了頓，沒等到回答，又說：「山上使這種刀也不合適。」他特地強調「這種」兩字。

吳阿再從灶口回頭望著鐵匠，鐵匠不等吳阿再開口又說：「我也有一把這樣的刀……我原在右營，守拔子庄。」

「刀呢？」吳阿再終於說話了。

「鎔了」。鐵匠說得稀鬆平常，像鎔了破鍋爛壺似地。

吳阿再轉身進屋，抱出一隻瓦罈，立在桌上，開封掀蓋，推向鐵匠，然後自顧自走下溪邊。鐵匠抱罈邊喝邊看吳阿再從水裡拉出一個竹筌，走進棚子，掀開鍋蓋，也不挑揀，一逕把竹筌裡的魚蝦倒進去。竹桌上只有一罈一盤，盤子磕缺了角。兩人又啃又喝，從正午聊到日頭斜西，醉意醺紅了兩張臉。

「那場戰爭到底怎麼回事？」鐵匠挑起兩人一直沒碰的話題：「我們算不算逃兵？」吳阿再沒有答話。他抱罈灌得滿嘴滿臉，呼——啊——吐了長長一口酒氣才說：「一年就釀一罈，再來要等冬穀了。」

「新開園一戰是我們清軍在臺灣最後一役。」鐵匠說完扭頭對吳阿再的刀又瞥了一眼。「聽說劉副統領翻過山，投奔了柯鐵虎……」

「別說了。」吳阿再打斷鐵匠：「胡知州說得對，一切都是命，我們沒對不起誰。」

鐵匠把酒罈從嘴邊放下，點了點頭，把罈子推向吳阿再：「最後一口，主人喝了吧。」酷夏的火球涼了，山風吹來，陣陣涼爽，吹去些微酒氣。

吳阿再一把扯下刀，在谷地邊的竹林追上鐵匠，把刀遞給他。「日子得過，這刀確實不合用，做個買賣吧。」

鐵匠卸下背筐，收下吳阿再的鈍刀，抽出一把砍刀一把菜刀。吳阿再也不推辭，一手一刀，收下了。兩人相視，山谷裡盪著狂放的笑聲。

有人在吳阿再溝兩岸蓋了屋子，一戶，兩戶，一日三頓，鬱綠的山頭多了幾處炊煙。鄰近的村人可能也不清楚吳阿再的出身，只知道有這樣一個人住在比他們更深的山裡，獨來獨往，見了面點頭招呼少不了，卻也止於點頭招呼，說不上孤僻，但絕不熱絡，像吳阿再溝的水，不涼也不熱。

吳阿再比以前更常下山走動，有時挑穀有時挑筍，換鍋換盆換鋤頭鐮刀，開始過得像一般人，他養雞，每隔一陣子偶爾繞進村子秤幾兩肉。一個人的生活逍遙自在，他拒絕了好心人和好事者的撮合。

吳阿再和多數村人一樣不樂意遇上日本警察或日本官吏，不是害怕受到刁難或欺負，而是忘不了那年衝破新開園營區崗哨的日軍前鋒，他畏懼甚至尊敬他們，正是他們把他從天朝的士兵一夜之間踩成異族的國民。日本當局對於新領土懷有莫大的興趣，大規模地丈量新領土，徹底清查新國民的身家。也許他們循著村人透露的訊息和吳阿再一步一步踏出的山徑走向他的草屋，只是吳阿再先一步離開了。

「吳阿再溝」之名出現於日治初期，但附近的山區在日本官方定業主權時依舊是一片荒野，因此被定為官有山林地而列管在案。一九三九年，日治臺灣三大國策公司之一的臺灣拓殖株式會社正式取得開墾權利，在吳阿再溝山區的官有地種植特定作物如蓖麻。民間拓墾稍早，但也在日治中後期了，一九三三年左右，有人前往吳阿再溝開墾，在山間漸漸形成分散的小聚落。

關於吳阿再，我們不知他的去向，只是一個小人物，走不進史書，假設吳阿再回到故地，一定沒人認得他。

吳阿再跶拉著草鞋，步履蹣跚，像一條跛了的老狗，孤單地拖著腳步，行經吳江國小的大門，聽見兒童唱歌唸書的聲音飄出半敞的大門，下課鐘響了，嬉鬧笑語像滾沸的湯汁溢出圍牆將他裹住。圍牆的盡頭接著連綿的稻田，田地鄰著溪，過橋渡了溪有一棟磚房，屋側有條鄉道貼著溪伸進山裡。他看見吳江溪，但一定不相信那就是吳阿再溝，溪水如此羸弱，病懨懨地，像條垂死的蚯蚓，而且混凝土攻佔河岸，把吳江溪改造成名副其實的溝。吳阿再從未見過筆直的公路，如此平整，如此寬闊，一個個黑白紅綠安著輪子的鐵箱子在上頭呼嘯來去。他沒猜錯，那是車，但比他看過最快的馬至少快上一倍。有的鐵箱子比他的草屋小一截，有的比草屋大。其中一個約莫草屋兩倍長，上下也高多了，那個龐然怪物一路發出「叭——」的轟響從他身旁掠過，狠狠地颳起一陣旋風，差點把他捲進輪底。他被嚇得一步跳下路旁的稻田，一身老骨頭滾上好幾圈，把臉緊緊貼在乾黃發硬的梗叢上，過了半炷香才敢抬頭。他爬回馬路，走了一小段，看見橋柱白底黑字寫著「吳江橋」。他倚著護欄，驚魂未定，呆呆地望向遠方高大的山脈，有如木雞。看著看著，他倒吸了一口氣，那山稜線也太眼熟，似曾相識的感覺令他周身一震，被雷擊中似地，轉身盯著背後較矮的海岸山脈。吳阿再低頭從橋下一灘靜止的濁水看見自己的倒影，不禁懷疑，「這是我的溝嗎？」他從九號公路轉進七十四號鄉道，這條路逆著溪通向山區，他想，「這就是我踏了一遍又一遍走出來的路嗎？」他大喊「這什麼地方啊」，驚動了比溪水更沉滯的村子。雜貨舖的女人出門看了幾秒鐘，回頭拿起門口櫃台上的話筒。好幾個村民對著沒見過的怪老人指指點點，「什麼時代了，還穿草鞋？」吳阿再下到溪床，吃力地翻找。橋上聚集了十幾個村人，你一言我一語。在細碎的議論聲中，兩個警察來了。「誰家的長輩？」沒人答得上。警察只好一向左一向右，分別繞過橋頭走向兩側溪岸的階梯，才下兩階，就聽見看熱鬧的大喊「他找到了」。吳阿再移走一塊臉盆大的石頭，撥開一層腐黑的爛枝爛葉，徒手挖開砂石，拉出一塊破布，輕輕抖鬆抖開，拍掉沾附的細砂，披上瘦瘠的身軀，右臂先套進袖子，接著左臂，最後扣上兩襟。他的爛衣左袖只剩一截，前襟破了洞，一塊三角形布片隨著風又飄又搖，胸前黝黑的皮膚時隱時現。所有人都被這一幕驚呆了，但把他們嚇得說不出話的是吳阿再前胸後背那兩面帶「兵」字的圓形印布，他們以為那是電視劇才會出現的道具服。吳阿再很老，老到只能爬著上岸，警察楞在一旁，看起來像讓路。烈日當空的六月天，汗水爬滿吳阿再的額頭和臉頰。他的制服也是濕的，不過看不出來被汗水還是因埋在溪沙裡而濡濕。他又一次朝著山裡走去，這一回，平整的鄉道走起來，比當年沿途砍草開路輕鬆多了。

住在吳江的，來來去去經過吳江的，沒有人知道這個怪異老人的來歷，或許也不太有人還記得他們的村子一開始是以他的名為名。

大タロコ 14

三十一里臨海路，
車窗景觀世無匹，
往前邁進太魯閣，
蘊藏沙金如寶庫，
太魯閣景色非誇耀，
黃金埋藏遍山野，
四十五億地雷響！

——《臺灣礦業會報》一八二期，一九三六

這首歌謠據說流傳甚廣，歌詞把花蓮描述成擁有無敵景觀、黃金滿山遍野的寶地，聞之令人嚮往。《臺灣礦業會報》刊出歌詞前幾年，「東海徒步道」歷經漫長的拓寬工程，才從人行步道變成通行汽車的「蘇花臨海道」，從羅大春開通北路算起近一甲子，花蓮離臺灣仍然遙遠，但距離正在縮減。

一九三〇年代是日本統治臺灣的黃金時期，一九三五年的「始政四十周年紀念臺灣博覽會」是誇耀統治成績的炫目展覽場，吉田初三郎受邀為博覽會繪製「臺灣鳥瞰圖」，停留臺灣期間，他還留下了令人目眩的「大太魯閣交通鳥瞰圖」。

14　タロコ，日文讀如 Taroko，即太魯閣。

如果一九三五年是日本在臺灣的「黃金之年」，那麼對花蓮來講，一九三五年的主角就是「太魯閣」。

一九二七年四月五日，《大阪每日新聞》和《東京日日新聞》在日本內地舉辦「日本新八景」票選，《臺灣日日新報》立刻跟進，要選出「八景十二勝」，從六月十日起一個月之內公開募集票選明信片，每張明信片只能填一個選項，但每人投票數量不限。《臺灣日日新報》強力宣傳炒作，七月初以太魯閣峽谷為首逐日刊登「臺灣八景候補地」照片，每天公布入選累積票數，以及各地響應的盛況。

《臺灣日日新報》指定一個部門負責八景票選活動，民眾把明信片寄至此部門，也可以就近投入本社、支局、各取次店和駐在記者宅所設的投票箱。在這一個月裡，所有收票點想必明信片爆滿為患，因為經過兩星期的整理，總票數竟多達三億六千萬，遠多於「日本新八景」的九千三百萬票。

我們不知道花蓮港廳是否像蘇澳郡組織投票部隊計畫性地投票，也不清楚太魯閣的小朋友是否如角板山教育所的蕃童為了拉票而極力奔走到「令人落淚的地步」，不過太魯閣峽谷最終名列「臺灣新八景」。

高山深谷，密林奇境，太魯閣峽谷以壯美幽奇風靡全島，在日本統治臺灣前二十年間，太魯閣卻一直是原住民的世界，外人難以涉入。直到日本以武力屈服原住民，開鑿密如蛛網的理蕃道路，而道路所及必設駐在所，開發山林資源的交易所與灌輸殖民思想的教育所也如影隨形進入原住民部落，日本控制了太魯閣地區後，一般人才有機會進入密境一探。「霧社事件」後實施的「集團移住」政策，進一步逼使包括太魯閣地區在內的原住民離開山區，以至於原住民耕織奔獵的身影愈來愈少，理蕃道路喪失功能。

廣大的山野淨空，意外創造了登山攬勝的有利條件，進出太魯閣攬勝的風潮一波接一波，幾年後臨海道路打開花蓮港廳與臺北州的陸路障礙，太魯閣之名更加遠揚。這時，沒有一條路可以從太魯閣橫貫中央山脈直抵臺中州，似乎令人抱憾，於是花蓮港廳與臺中州分別從東西兩端開鑿道路，「合歡越」因此在一九三五年二月誕生了，西起霧社東至太魯閣峽口，全程二十七日里餘，以理蕃道路為基礎，沿立霧溪開築人行山道，錐麓一帶是最負盛名的驚險路段。

「臨海道路」讓遊客更迅速地抵達花蓮，「合歡越」讓登山客更便利地進入太魯閣，以塔比哆（今天祥）為中繼站，再前進合歡山或中央尖山、南湖大山。慕太魯閣之名而至的攬勝者來自臺灣全島，還有不少人不辭遠道專程從日本前來一遊，一般人淺嚐即止，西停步於霧社，東止於太魯閣峽口，自西至東橫斷中央山脈抵達花蓮港廳並順道攻上赫赫有名的合歡山者，多半是青春力盛的中學生，光是一九三五年七月就有臺北高校、臺北高商、臺北二高女、臺中二中、臺中師範等十幾個學生團體百餘人提出申請，從霧社入山，經追分、櫻峰，越過合歡山，抵達太魯閣。

早在「合歡越」成為「高嶺深谷徒步健行的代表」路線之前，花蓮港民間就有推動成立太魯閣國立公園的想法。一九三一年日本林學博士田村剛來臺調查太魯閣；為了宣傳東臺灣的觀光資源，促進地方的開發與繁榮，花蓮港廳的熱心人士也在這一年成立「花蓮港風景紹介同志會」，隔年三月改稱「東臺灣勝地宣傳協會」，過了一個月，田村岡博士以日本國立公園委員身分再度前往太魯閣進行國立公園候補地考察。

花蓮港廳也沒閒著，提出預算需求，希望在太魯閣峽谷增添旅遊設施，改善交通，包括興建巴達岡宿泊所和峽口與巴達岡間的自動車道，為國立公園的成立預作準備，甚至還請願要求施行「國立公園法」。就在「合歡越」完工的一九三五年，「東臺灣勝地宣傳協會」再度改名，直接稱為「大魯閣國立公園協會」。太魯閣峽谷在登山客不絕的腳步聲中過了一個熱鬧喧騰的暑假，然後在九月二十一日那天成為「國立公園候補地」，與次高山併稱「次高太魯閣」。

這時，離「臺灣博覽會」開幕僅僅二十天了，吉田初三郎尚未完成總督府囑咐的「臺灣鳥瞰圖」，向《臺灣日日新報》允諾的「雙絕臺灣八景」大致上已定稿，至於「大太魯閣交通鳥瞰圖」則在八

國立公園候補地太魯閣峽

太魯閣名列「臺灣八景」後，知名度暴增。一九三一年，日本公布國家公園法，同一年林學博士田村剛渡海來臺調查太魯閣峽谷，花蓮港民間也漸漸凝聚推動成立太魯閣國立公園的共識，為了宣傳東臺灣的觀光資源，促進地方的開發與繁榮，花蓮港廳的熱心人士組成「花蓮港風景紹介同志會」，隔年三月改稱「東臺灣勝地宣傳協會」。過了一個月，田村岡博士以國立公園委員的身分再度前往太魯閣，此行的目的是考察太魯閣能否列為國立公園候補地，「雄大、莊嚴、豪宕、神秘，這些形容詞對太魯閣峽谷而言，都太空虛了。」田村岡博士如此形容太魯閣。

「東洋第一」和「世界級景觀」的聲名漸漸遠揚，但僅僅十餘年前，太魯閣是原住民的天下，一般人不可能任意進出。在日本當局貫徹「理蕃計畫」，又經歷「霧社事件」，最後實施「集團移住」政策，徹底切除原住民與原居地的聯結後，山區耕織奔獵的身影愈來愈少，密如蛛網的「理蕃道路」隨之喪失功能，危機四伏的山野忽然變得平靜，進出太魯閣攬勝蔚為風潮，慕名而至的攬勝者來自臺灣全島，還有不少人專程從日本前來一遊。（引自《東臺灣展望》，毛利之俊，來源／阿之寶手創館）

月中旬就問世了。

一九三五年六月十日，吉田初三郎在基隆港下船，《臺灣日日新報》當成一件了不起的大事，幾天後刊了一篇記事，標題聳動：

吉田畫伯の麗筆で
全臺灣を一目に
臺博を彩る豪華版
近く全島の景勝を繪の行

報導中說，吉田初三郎的作品曾大獲天皇讚賞，堪稱日本鳥瞰圖權威。為了「華麗版」臺灣鳥瞰圖，初三郎特地在四名門生陪同下「携繪筆」來臺，預計環島一圈，從角板山南下繞經東臺灣，前

吉田畫伯の麗筆で 全臺灣を一日に

臺博を彩る豪華版

最大最新を誇る 獨の爆藥工場爆發

娘を探す父 臺北で暫く行商

鐵道も平素の五倍

不振の局營バス 近頃素晴しい成績

肺肋膜の病人に至上の食物

頭のノーシン

圖 21：大正廣重，吉田初三郎

吉田初三郎一八八四年生於京都，一度擔任畫工。他從小夢想當「洋畫家」，東京繞了一圈回到京都後進入「關西美術院」，師事鹿子木孟郎，在恩師建議下，吉田轉攻商業美術，畫起海報傳單。當時普遍認為商業繪畫不甚入流，為此吉田頗為苦惱。不久幸運之神降臨了，三十歲那一年，吉田替京阪電車繪製沿線導覽圖，皇太子對「京阪電車御案內」一圖讚不絕口，直說「真漂亮，又容易理解」。

吉田一戰成名，自稱「大正廣重」（歌川廣重為十九世紀前半日本知名的「浮世繪師」，梵谷對「浮世繪」十分著迷，曾直接臨摹歌川的作品「大橋驟雨」。歌川以名作「東海道五十三次」被視為確立浮世繪中「名所繪」風景畫風格的大師之一），專攻名所圖繪與趣味洋溢的鳥瞰圖，設立「大正名所圖繪社」，來自日本各地（含臺灣等地）的委託蜂擁而至，吉田爆炸式地展開燦爛的「初三郎式鳥瞰圖生涯」。

二次大戰期間，日本軍方認為「初三郎式鳥瞰圖」對地政學有不良影響，從此吉田如墜谷底，度過一段不遇的歲月。

吉田逝世於一九五五年，一度為人淡忘，那時離他應邀到臺灣，備獲官方禮遇，並受到「臺灣日日新報」大肆報導的人生巔峰，如風火煙逝不過二十年。

（引自「臺灣日日新報」，1935/6/15）

後四十天，將一一親臨太魯閣、日月潭、阿里山、新高山等名勝，他有信心完成一幅左右四間天地六尺的「大鳥瞰圖」。

「臺灣鳥瞰圖」是總督府鐵道部的委託案，幾個月後將在「臺灣博覽會」交通土木館亮相，雖然這則記事花了大半篇幅描述吉田初三郎來臺的重大任務，真正的重點卻是「本報社」委囑吉田遍巡「八景十二勝」。吉田初三郎最後交給《臺灣日日新報》的作品共有十幅，題為「雙絕臺灣八景」，報社製成「繪葉書」——也就是明信片，十枚一組，一組五十錢，在報社本部的商事課、各地支局、取次店（零售商）」以及全島主要「繪葉書賣店」展售。

就在臺灣博覽會開幕第三天，《臺灣日日新報》又發布了一則提到博覽會但其實和博覽會無關的消息：

雙絕臺灣八景の美しい繪葉書
愈よ本社から發賣

記者說「臺灣八景」及「臺灣神社與新高山雙絕」都出自吉田初三郎畫伯之手，日前原畫送回京都，使用特別漉製的紙張精印複製，今已製成繪葉書問世。《臺灣日日新報》不忘再次強調比總督府「更早一步委囑該氏為八景揮毫」，記者還分析，無論「雙絕」或「八景」，向來因襲既定型制，但吉田畫伯採取全新的角度、獨特的構圖，特別是鵝鑾鼻、太魯閣、阿里山。

吉田初三郎自六月中旬起在臺灣大約停留了四個月，除了總督府和臺灣日日新報，吉田初三郎還接受了基隆市役所、木柵「仙公廟」張福堂及至少三處官廳的請託，包括花蓮港廳。他的行程十分

臺灣八景之一・太魯閣

一九二七年，即將出梅之際，「臺灣日日新報」宣布票選「臺灣八景」，一個月內募集明信片，每張明信片只能填一個選項，但每人投票數量不限，七月初起逐日刊登「臺灣八景候補地」照片，每天公布入選累積票數。票選活動結束，報社收到來自臺灣島內外三億六千萬張明信片。當時全臺人口約四百萬，換算下來一個月之中平均每人寄出九十張明信片，每人每天投出三票，也就是說全臺不分臺日、不分原漢、不分閩客，當然也不分男女老幼，人人照三頓投票，狂熱的程度遠勝先「臺灣八景」舉辦的「日本新八景」票選盛況。

一九三五年吉田初三郎應邀來臺大揮「麗筆」，「臺灣日日新報」搭上順風車，委託吉田繪製「八景十二勝」，最後完成十幅，題為「雙絕臺灣八景」，報社將之製成「繪葉書」（明信片），十枚一組，廣為發售。太魯閣雄壯瑰奇，以立霧溪的峽谷聞名於世，吉田畫伯卻突破歷來既定的觀點，捨大取小，選擇中游支流大沙溪畔的深水溫泉（今文山溫泉）入畫。畫中的深水溫泉有兩方池子，隔著溪水斜斜對望，巨石之上立有草亭，鐵線橋如懸空一絲，翠樹碧水，白煙氤氳，一派閒適。（來源／阿之寶手創館）

緊湊，但似乎不像《臺灣日日新報》所言由北而南自西至東。在臺北待了幾天之後，吉田初三郎於六月十六日動身出門，沒理會陰雨綿綿。第一站烏來，兩天後抵達基隆，十九日在附近的風景名勝地寫生，臨時決定往南直奔太魯閣，打算北返途中再看看蘭陽，接著回臺北展開原先預定從角板山南下的西部之旅。

政所重三郎時任花蓮港廳長，任期至九月初，六月下旬吉田初三郎踏上花蓮境內時，政所廳長應該已經聽聞自己即將調動的風聲了。所以，當獲得天皇嘉許的「日本鳥瞰圖權威」吉田畫伯抵達時，即將卸任的政所重三郎很可能想方設法東挪西湊，籌出一筆錢來貢獻給畫伯，懇請大師舞動生花之妙筆，既然臺北市能擠出贊助金，拚命「行銷」太魯閣的花蓮港廳豈能不爭氣，連點畫金也逼不出來？若不把握千載難逢的機會，拜託好不容易在臨海道路上晃了六個小時的畫伯一揮金毫為太魯閣鍍上一層金光，順便讓花蓮港廳沾點光，那麼，就要走人的政所廳長就太對不起自己了。

直到卸任前，政所廳長還掛念太魯閣峽谷是否真能設為國立公園，這不就是他力邀號稱「大正廣重」的吉田初三郎持畫家之筆，以太魯閣為主角繪製一幅壯美的地圖，再一次向世人宣達太魯閣之美的動力嗎？

八月中旬，政所廳長首次親睹「大太魯閣交通鳥瞰圖」，氣勢果然不凡，沒有比例尺，也不能有比例尺，否則將不成畫，道路過度簡化，路線粗略，他瞭解那是在真實與想像折衷下不得不然的結果，不過既然題為「大太魯閣，」一攤開，乍看怎麼感覺更像「臨海道路交通鳥瞰圖」？政所廳長可能一時失察，沒想到在他卸任後半個月左右核定的「國立公園候補地」是以「大太魯閣」為名，除了太魯閣峽谷，還有次高山、南湖大山、能高山、木瓜溪，以及清水斷崖，清水斷崖才是未來園區的東界。更重要的是，吉田初三郎離開基隆直奔花蓮港，應該就是取道「臨海道路」，果真如此，清水斷崖又怎麼可能不令他大受震撼而銘記在心，進而促使他選擇從臺灣東部外海高空俯瞰「大太魯閣」？

吉田初三郎可能於六月二十一日——也就是在基隆寫生之後兩天——帶著四名門生從蘇澳搭乘東海巴士上了臨海道路，如此才可能將「大太魯閣交通鳥瞰圖」的前景——臨海道路和清水斷崖——畫得如此搶眼，從蘇澳到太魯閣峽口，臨海道路泰半穿行於崖壁腰間，蜿蜒曲折，八座大型橋梁，十四座隧道，幾乎都畫齊了。

一趟臨海道路巴士之旅得耗上六個小時，一點也不輕鬆，要想取巧略過並非不可能，搭船即可，只是不親自走上一回，根本畫不出臨海道路之險。吉田初三郎在畫面上安排了六輛巴士，方向一致，都往南行。臨海道路花了七年拓寬，路寬也才兩間，會不了車，只能單向通行，這也是為什麼只准東海巴士做獨家生意的原因之一吧。

吉田初三郎一早上車，十分鐘後就來到砲臺山腰，山頂的金刀比羅神社居高臨下，視野頗佳，應該可以俯視蘇澳市街和蘇澳港區。他沒有下車參拜，但把神社的形勢位置記了起來，也要求學徒們簡略速寫。幾天前他參訪基隆神社，才知道基隆神社前身正是赫赫有名的賀田金三郎等民間人士在明治末年籌建的金刀比羅神社，聽說高雄壽山也有一座金刀比羅社，這麼說來，臺灣幾座重要的港口都建了金刀比羅神社。「這也難怪，」他想：「日本守護海路之神一向就是金刀比羅神。」

不過金刀比羅大神可不管汽車。為了繪製各地鳥瞰圖，吉田初三郎長年奔波，腳力練得好，去年剛滿半百，與同齡友人相比，體力絕佳。同車旅客有的受不了彎來繞去，頭暈噁心，輕微的臉色發青，嚴重的吐個不停，雙眉深鎖，眼若木雞，其狀甚慘。他瞧了瞧那些身體不適的乘客，才剛剛盤上山路呢，真替他們感到憂心，不過他也無能為力。

吉田上車前特地要求五個鄰海靠窗的座位，交代門徒用心看，路線如何彎繞恐怕記不來，但這個問題好解決，有地圖可以參考，倒是沿途的景觀必須仔細觀察，橋梁、隧道、聚落、房舍、農田……，必要時筆記或速寫，真正下筆作畫時這些紀錄幫得上大忙，這是吉田從「京阪電車沿線名所地圖」獲得皇太子稱讚，打出「初三郎式名所圖繪」的名號以來累積的經驗。

巴士繼續爬升，穿梭於茂盛的森林中，半個小時後，便到達烏岩角，在此已經聽不到下方的驚滔駭浪了。雖然已經入夏，平地熱得有些難受，但臨海道路位於高處，又有樹木遮蔭，海風徐徐吹進車窗，一望無際的太平洋景緻絕妙，都令人感覺十分快意。巴士穿梭於東澳嶺間，過了烏岩橋和東澳橋就到臨海道路第一個休息站東澳了，村落建立在東澳溪的沖積平原上，規模不算大。

巴士每到一站就停車讓乘客透透氣，活活動動筋骨，臨海道路的路面大多只鋪砂礫，部分路段打了兩行混凝土，看起來像車轍，車行其上稍微平順一點，一路上相伴的多半是惱人的顛簸。

從東澳部落出發後，不久就看見美麗的烏石鼻，像一隻幼象的嫩鼻從綠油油的崖壁伸向大海吸水，一路上似乎沒有發現類似的風景，吉田初三郎把這一幕牢記在心。過了烏石鼻，道路繞著大南澳嶺在林間穿行，車行再三里就到南澳，從蘇澳到此大約九里半，吉田看看錶，花了一個半小時。

再次啟程，越過大南澳溪鐵線橋，進入蓊鬱的樹林，海風拂動枝葉的簌簌聲與巴士的引擎轟鳴兩相交響，道路在魯基優（今蕚溫斷崖附近）拐了個彎，迎面而來的是蔚藍的大海，腳下是令人驚恐的斷崖，巴士緊貼著斷崖前進，狂放的海風拍擊著車窗，斷崖下猛浪衝擊，一波又一波。不知不覺中，巴士循路曲折而下，再次進入森林，途中看見兩道瀑布，接著來到貝雷分（今谷風），大濁水溪寬闊的出海口就在前方不遠處，從大山沖蝕而下的砂石積成沙嘴，長長地伸向海面。

巴士沿著從大濁水溪北岸往西行，東洋第一的大濁水溪鐵線橋映入眼簾，雄偉的塔柱是臺北州與花蓮港廳的交界，過了橋，吉田初三郎便從臺北州踏進花蓮港廳了。蕃人的房舍散布在平坦的山麓

大濁水橋
（東臺灣臨海道路）
大濁水橋 蘇澳より三十九哩の地点
中央の塔脚は州廳境界標
VIEW OF DAIDAKUSUI BRIDGE
(MARINE ROAD AT THE EAST FORMOSA)

大濁水橋

大濁水溪今名和平溪，溪床中線自日治時期以來就是花蓮北界。臨海道路沿線有幾座大橋，其中跨越大濁水溪的鐵線橋盛名遠播，號稱「東洋第一吊橋」，跨距超過一千日尺（約三百三十公尺），橋中設置巨大的塔柱，矗立在溪床上以撐起橋面，塔柱以北屬臺北州，以南就是花蓮港廳。

（來源／國立臺灣歷史博物館）

地帶，巴士在地勢看起來像隻鍋蓋的姑姑仔（今和中）轉了個彎後開始爬升，經卡那岡（今和仁）直到清水，這一段路超過三里，車道在清水斷崖的腰腹如巨蟒般蜿蜒盤旋，是臨海道路最壯觀的路段，號稱「東洋第一道路」。

天氣晴朗，南國的陽光似乎更熾烈，海面金光閃耀，還透著深淺不一的藍，從淺白到深湛，有五、六種色調。吉田初三郎知道腳下的波浪正在啃嚙岩壁，白花四濺，濤聲大作，不過他聽不到，太深，太遠。他遙望海面漂浮繽紛的藍色，陷入沉思與想像：「從半空中，或者海上，這一面巨大的岩壁是什麼模樣？」

蘇花臨海道半數以上的隧道集中在清水斷崖路段，吉田初三郎無法想像拓建蘇花道究竟花了多少功夫，許多路段是直接鑿凹近乎垂直的崖壁，道路看起來就像少了一面牆的坑道，是蠻橫使用人為

臨海道路

直到日治中後期，蘇花海岸才出現汽車行駛其間的畫面，花蓮與臺灣北部在陸地上才算是連上了線。

臨海道路騰起於太平洋的波濤之上，蜿蜒於海拔千餘尺之間，屹立於世界絕壁的腰腹，北起蘇澳郡南抵花蓮港街，全長三十一里一町五十五間（日本長度單位，約合一百二十二公里），砂礫路面，部份路段鋪設兩道混凝土為車轍道，隧道集中於南段，往來客運由花蓮港東海自動車運輸株式會社獨家經營，車程五至六小時。

蘇花海岸通車，似乎沒怎麼改變太魯閣族的活動方式，他們仍以赤足走在現代輪胎輾過的路面。

（引自《東臺灣展望》，毛利之俊，來源／阿之寶手創館）

清水斷崖

天氣晴朗，陽光熾烈，海面波光閃耀，還透著深淺不一的藍，從白淺的到深湛的，有五、六種色調，崖腳的波浪正在啃嚙岩壁，白花四濺，濤聲大作。佇立在絕壁的腰腹，遙望繽紛漂浮的藍色，很難不令人陷入想像：如果從半空中看，這一面巨大的岩壁會是什麼模樣？

（攝影／黃銘仲）

力量的成果，車道旁尖銳突出鑿痕顯示岩質堅硬不馴，也告訴吉田畫伯再艱辛的暴力也馴服不了大自然。

在無邊的遐想中，吉田隨著巴士來到坂下，從這裡可以看到立霧溪幅寬超過一里的河口沖積扇，海面上有小舟，似乎正在捕魚。橫在立霧溪上的也是一座鐵線橋，巴士經過時搖搖晃晃，在短短的一、兩分鐘內，一車乘客全轉頭向右，目不轉睛地望著窗外。吉田初三郎站了起來，目光越過隔鄰的乘客，看見兩山夾峙的立霧溪谷，吸了口氣，對一夥爭看奇景的門徒們說：

這就是太魯閣峽啊！

從蘇澳到太魯閣峽口，車程四個小時，巴士在此停車休息，還有兩個小時才會抵達終點花蓮港驛。吉田初三郎是總督府座上客，自然也是花蓮港廳的貴賓。花蓮港廳廳長政所重三郎獲知吉田畫伯大駕光臨，此時正準備前往迎接，他再次交代屬下晚間的洗塵宴絕對不能失禮，強調一定要有本地土產，把花蓮港廳的特色一次展現出來，還有，宿泊地無論如何只能是常盤館，而且務必騰出上好客房。

東海巴士滿身塵土進站，乘客個個臉掛倦容，連汽車似乎也見疲態，等待乘客陸續下車時，引擎無精打采地怠速運轉，嗒．嗒．嗒．嗒……

政所廳長與吉田初三郎在東海自動車花蓮港驛前本社初次見面，雙方寒暄後便走向對面的常盤館。吉田初三郎前幾天在基隆見過常盤館，原來花蓮港也有，一樣宏偉，一樣緊鄰鐵道驛，前方都有寬闊的廣場，都是人潮往來的熱鬧市區，給人的印象卻大大不同。基隆三大旅館之一常盤館面對港口，一出門就是大海，視野開闊；花蓮港常盤館也朝東面海，卻隔著其他房舍，離海邊有一段距離，倒是背後高聳的山脈氣勢驚人，如突然從奇萊平野隆起的巨人肩膀。

就在這一瞬間，吉田畫伯決定預定落筆的鳥瞰圖將從花蓮港廳東方外海俯臨下望，清水斷崖是前景的焦點，置於畫幅中央，奇萊平野在左，平野盡頭就是令人驚愕地拔高的山巒。臨海道路盤據右半部，大海不佔太多畫面，而且只會是一片鑲著白線的平緩的藍，沒有驚滔駭浪。大部分的畫面將留給能高、奇萊、合歡、中央尖、南湖諸山所在的巨大山地，從前景、中景到遠景都有大山，既是花蓮港的有力靠山，也是花蓮港的本體。

吉田畫伯收回遠眺的目光，微微一笑，心想鳥瞰圖裡的常盤館一定也會相當醒目。

常盤館是花蓮港廳下首屈一指的豪華旅店，那是一幢碩大的木造瓦頂兩層樓建築，外觀壯麗，不亞於基隆的常盤館，一旁的鐵道部花蓮港出張所和它一比都矮了一截。吉田畫伯看見常盤館門口停著兩輛豪華轎車，一旁還擺了好幾輛自轉車，一名穿著正式西服的男子看起來像外地人，他牽了一輛自轉車跨上去，悠哉悠哉地騎遠了。政所廳長說前幾年中川健藏總督巡視花蓮港期間也住在常盤館，當時花蓮港廳總動員，公務員、軍人、消防組、婦人會、高等女學校、農業補習學校、小公學校生徒集中在常盤館前列隊歡迎，場面空前盛大。

一旁的黑金通是花蓮港最熱鬧的大道，不過大概因為中午時分陽光炙烈，路上沒什麼行人，吉田畫伯只看到一名穿著白色服裝的戴帽官吏從他後方斜斜穿越馬路奔向常盤館；兩、三個本地人在路中央推著力阿卡，時而撩起掛在脖子上的毛巾擦汗；還有一個婦人撐著傘推著嬰兒車，從對面的國際運通株式會社穿越馬路，懶洋洋地躲進一小片陰影。下了巴士以後，吉田畫伯還沒看見行駛中的車輛。

遠方的青山，輕輕吹拂的海風，整齊的街道，完全日本風格的房舍，眼前的風景恬淡中透著寂寥，吉田畫伯心裡油然升起一股模糊相識的感覺，彷彿置身日本內地某個偏遠了點的濱海小鎮。

晚宴時，政所廳長把吉田從虛實朦朧中拉回現實，他說最近幾個月會非常忙碌，整個花蓮港廳將動員起來，他們正在花崗山上為臺灣空前盛大的博覽會準備設置地方展館，到時候將介紹花蓮港廳的產業發產，展示地方物產，太魯閣風景區也是宣傳重點，將改善峽口到仙寰橋之間的交通，設置旅遊設施。總之，臺灣博覽會在臺北舉辦，花蓮港這樣的小地方也沒閒著呢。

席間政所廳長應吉田畫伯之請介紹花蓮港廳的形勢，吉田畫伯迅速瀏覽了花蓮港市街平面圖，大致了解街區及重要建築物分布的情況之後，便請政所廳長取出花蓮港廳地圖。透過政所廳長的說明，吉田畫伯對花蓮港廳有了粗略的認識：

越過縱貫花蓮西半部的綿延山脈就是臺中州。太魯閣峽谷在花蓮港廳北方，立霧溪流貫其間。花蓮港街南方從吉野開始直到臺東廳是狹長的臺東縱谷，縱谷東側為海岸山脈。源於奇萊、能高的木瓜溪注入花蓮三大河川一的花蓮溪，花蓮溪出海口附近是目前花蓮海路進出之處，築港正在興建，預計三、四年後完工。秀姑巒溪切穿海岸山脈，沿途峽谷、曲流、河階等景觀值得一探。玉里支廳在花蓮港廳南區，是花蓮港廳與臺東廳之間最大的城鎮。

吉田畫伯在洗塵宴上還見到幾位「大魯閣國立公園協會」的幹部，據說宴席就是由他們出資。「大魯閣國立公園協會」的成員是當地民間的有力人士，十分熱衷促成設置國立公園，他們認為國立公園對花蓮港廳的觀光旅遊大有助益，可以加速推動花蓮港廳的經濟發展。政所廳長和協會方面的人士的熱情令人難以招架，不過吉田畫伯表示這一趟是為了鳥瞰圖而來，心思必須集中在工作上，婉拒了「豪華」行程，只向廳長要了一名嚮導和一名隨行警手。

吉田畫伯在政所廳長安排下驅車前往太魯閣，鑽過峽谷入口的石門，一旁還豎著寫有「國立公園候補地大太魯閣」的木頭標樁。他曾在東海巴士上特意朝峽谷望了一眼，兩岸岩壁氣象不凡，不過峽谷曲折，視線蔽障，所見有限。此刻漸漸深入峽谷，太魯閣的一

仙寰橋

仙寰橋是太魯閣峽谷第一座鐵線橋，離峽口不遠，根據前人的描述，此橋寬僅三尺，騰空凌越溪水，空谷一線，走在橋上，搖搖晃晃，若谷底忽然吹起一陣風，水氣隨之而上，漫過橋面，周圍一團霧白，不禁令人有羽化登仙的遐思。

橋頭的太魯閣茶屋專賣太魯閣名產，矗立在山腰平台上，腳下就是奔流的立霧溪，溪水在此轉了個急彎，形成一個角度尖銳的曲流。一旁的亭子是喝茶賞景的好地方，如果正逢暑夏，山風往往順著峽谷吹拂，吹得肌膚沁涼，陣陣快意油然而起，此時安坐其間，聆聽溪水奔騰，遙望山壁上枝葉微微受風拂動，必是極其難得的享受吧。

（來源／國立臺灣歷史博物館）

切即將展現在眼前。吉田一行花了一個小時才走到仙寰橋（今長春橋），比健行隊伍慢多了，途中花了不少時間觀察峽谷裡的花木水石。仙寰橋寬僅三尺，騰空凌越立霧溪，如空谷一線，吉田畫伯走在橋上，搖搖晃晃，忽然谷底吹起一陣風，水氣隨之而上，飄過橋面，一團霧白，彷彿置身仙境。

過橋到了對岸便是太魯閣茶屋，茶屋專賣太魯閣名產，大夥在此逗留休息，喝了盞茶，吃了點心，聆聽風拂動山壁上的枝葉，俯瞰溪水轟然而去，觀察巒峰的方位、走向、色調與稜線的起伏，釐清群山層疊的次序，又靜靜休息了一會兒才上路。

從茶屋到巴達岡有好一段路，行經一個叫阿堉的小村子時，吉田畫伯等人與駐在所的警察打了招呼，聊了幾句，並未多留，不久便來到銀帶橋（今寧安橋），過了橋又回到立霧溪南岸，溪床上滿布形狀怪異的岩石，水流沖激，泠泠作響，一旁的瀑布晶瑩閃亮。大夥向「不動明王」禮拜後繼續前進，過了溪畔便往上爬升，在布洛灣踏上有「太魯閣峽第一橋」之稱的山月橋，在橋上完全聽不見溪水奔流沖激的聲響，感覺十分可怖，吉田等人快步通過，不敢多加停留。山月橋另一端是「合歡越」東端第一個大休息站——巴達岡。

吉田一行大約十一點左右抵達巴達岡，駐在所全員列隊歡迎。隨行的警手告訴吉田，巴達岡正好位在峽口和塔比哆的中點，旅客大多在此暫歇。巴達岡的規模讓吉田感到吃驚，想不到深山裡竟有一個這樣的村落，除了駐在所，還有交易所、療養所、蕃童教育所，為探勝者設置的宿泊所甚至可以容納七、八十名旅客。駐在所警手說，巴達岡配置了三十名警力，整個部落住了一百多個蕃人，在教育所上課的蓄童有二十個，加上來來去去的健行攬勝人士，巴達岡簡直是個熙來攘往的小城了。

由於接近中午，駐在所方面邀請吉田一行共用午餐，吉田欣然接受了深山警察的盛情款待。他對竹筍之甘甜爽口印象深刻，讚不絕口。嚮導告訴他，巴達岡的原意就是「桂竹」，本地的竹筍自然美味無比。

離開巴達岡以後，道路陡升，彎來折去有如電光。沿著這一段閃電形上坡路走半小時就看見錐麓大斷崖了。的確是天地神鬼之作，吉田初三郎遠眺斷崖上的「合歡越」，如一條絲線依附於絕壁之上，岩面幾乎不發任何草木。嚮導再三叮嚀務必謹慎，走上錐麓斷崖絕非輕鬆兒戲。

吉田畫伯走遍日本名所山川，閱歷豐富，走在寬僅三尺的絕壁山徑上仍不免膽戰心驚，甚至感到目眩。他抬起頭，收回下望的目光，深如地獄的溪谷風景已經如照片般印在他的腦中。接下來的人生應該忘不了這一幕了，他想。

他停下腳步，扶著山壁，大口呼吸，讓受驚的心情平復下來。對面的福磯斷崖彷彿錐麓斷崖的鏡中影，一樣危絕，這就是如刀一般的立霧溪歷時千萬年的傑作，吉田畫伯相信天地有大力，但這是第一次體認到祂的力量竟然如此驚人，令人無法直視，此刻他只能懷著敬意與畏懼，放慢步伐，彷彿深怕驚醒一頭惡獸般卑微地躡足而過。

吉田等人經過斷崖和錐麓兩間駐在所時，都只是喘口氣緩緩情緒，並未逗留。即便如此，抵達合流時仍比預定行程晚了一個小時，他們在斷崖路段的行進速度實在太慢了，幸好是夏季，天色暗得晚，

錐麓斷崖

走上錐麓斷崖是令人難忘的經驗，三角錐山南面的山脊在此遭遇溪水的切割，形成垂直壁立的斷崖，只有少數強韌的草木才能在光滑的岩壁上著根；對面的福磯斷崖彷彿錐麓斷崖的鏡中影，一樣危絕，這就是如刀一般的立霧溪歷時千萬年的傑作，大自然在此充分展現了彷彿超自然的力量。

錐麓斷崖是「合歡越」最驚險的路段，路寬僅三尺，山徑之下是深淵，偶爾探頭一望，目為之眩，行走其上，往往必須停下腳步，扶著山壁呼吸調息，然後懷著敬意與畏懼，放慢步伐，卑微地踏足而過。

（攝影／黃銘仲）

天氣又晴朗，不至於因摸黑發生意外。

吉田畫伯和學徒頹然地坐在合流駐在所門口的木椅上，茬西溪注入立霧溪的激撞聲鑽越山風從谷底傳進雙耳，一身疲憊似乎隨著嘩嘩的水流聲消去了一大半。從合流沿立霧溪北岸續行，對岸的銀線瀑布高掛於崖面，墜落的水線撞成水沫，四濺紛飛，奇岩亂石散布在溪床上，畫成一幅令人只能讚嘆卻無法描述的風景。他們經過一座為古澤豬一郎、西田榮造、秋源太郎與富尾忠三郎等四名花蓮港廳下的巡查或警手豎立的弔靈碑，他們在大正年間死於蕃人之手。

天幕昏黑之際，吉田畫伯抵達此行終點塔比哆，此地是「合歡越」東半段的重要據點，腹地寬廣，有小學校、交易所、療養所，還有附設酒保（小型賣店）的客房，可以同時容納上百名旅客。第二天，大夥起了個早，導遊帶吉田畫伯前去塔比哆西方大約一個小時步程之外的「深水溫泉」（今文山溫泉），滾燙的泉水從岩縫汩汩泌出，巨大的大理石岩塊被鑿出一個兩坪大小的池子，在滿溢的溫泉中，吉田畫伯洗去經過一夜休息仍未能褪盡的疲累。

就在享受忙碌工作中難得的野泉之樂時，「大太魯閣交通鳥瞰圖」的構圖漸漸在吉田畫伯的腦海中成形了，從太魯閣峽口到塔比哆這一段「合歡越」與「蘇花臨海道」將是兩個同時存在的主角，一濱海，一穿山，一在前，一在後，兩條道路將不可避免地必須藉著扭曲以凸顯它們在畫面中的地位。

這就是何以「大太魯閣交通鳥瞰圖」把南北縱長的花蓮打橫，東在下西朝上，乍看立霧溪並無怪異，細察之下卻十分可疑。

根據我們所知的地圖，立霧溪在巴達岡附近並沒有一道一百八十度的大曲流，畫中立霧溪的流路自仙寰橋以下比較接近現實，其餘的卻以南北向穿梭於群山之間，也就是平行於海岸線，完全不符合立霧溪源於臺灣島主脊山脈，東流至海而全線幾乎與海岸垂直的實際情景。

「大太魯閣交通鳥瞰圖」設色鮮豔，沒有縮尺，比例扭曲，在畫紙上以平面狀立體，吉田畫伯馳騁想像，離地升空，在花蓮港廳東方外海飛翔，把清水斷崖視為「大太魯閣」的一部分，目光直射「大太魯閣」，不惜大膽變形，全力描繪「蘇花臨海道」和「合歡越」；又以「魚眼」望向南北，使天地扭曲，將臺灣島東半部收納於一頁扁長的紙幅之中，左極於鵝鑾鼻，右則跨海盡於東京。

吉田畫伯在圖上勒印、落款、記時之前，最後添上畫面的一定是右上與左上無雲晴朗的天空中如蝴蝶般的機群，署名「初三郎」三字更以娟秀的姿態飛上更高的蒼天，如一隻展翼滑翔的羽鷹，鳥瞰「大太魯閣」。

大太魯閣交通鳥瞰圖

這是一幅典型的「初三郎式鳥瞰圖」，視點離地凌空，中央主題部分理所當然描繪得相當仔細，周邊則如U字形般大膽變形，那些理應看不到的遠方景物也一一入畫，構圖出人意表，令人不得不大為讚嘆。從這幅「名所圖繪」，我們猜想吉田可能在蘇澳搭上營運才幾年的東海自動車，在臨海道路（蘇花公路前身）顛簸了大半天，也親自走了一趟太魯閣峽谷，對於蘇花海岸與太魯閣峽谷的形勢有認識，才能「合理」而有趣地重新安排山川路橋。

「大太魯閣交通鳥瞰圖」設色鮮豔，沒有縮尺，比例扭曲，以平面狀立體。吉田畫伯馳騁想像，飛翔於花蓮港外海上空，傾力描繪「臨海道路」和「合歡越」，以「魚眼」將臺灣島東半部收於一幅扁長的紙頁之內，左極於鵝鑾鼻，右則跨海盡於東京，吉田初三郎毫不掩飾帝國情懷，這就是當時的政治現實。（來源／國立臺灣歷史博物館）

みどり 15

二〇一三年五月，みどり帶著瓜奈里名琴全球巡演，往返亞歐美，慕尼黑、維也納、倫敦、米蘭、溫哥華、洛杉磯、東京、上海……。有一陣子，她以米多莉之名活在我們的生活中，那時她年輕，唱片封面就是一個十幾歲的女孩。米多莉，多麼年輕的名字，活潑的音節彷彿會跳躍。

大正九年夏天，秀姑巒溪上游拉庫拉庫溪流域一座標高一二九五公尺的山稜，八通關越嶺道路上方高差八公尺處，總督府派人疊了一道長長的駁坎，建造警察駐在所，駁坎下方圍起一面刺絲網，高過人身。他們把這裡稱為「綠」，みどり，很久以後人們直譯成「美托利」。

米多莉與美托利距離最近的場合是二〇一一年春初再度登上臺北國家音樂廳的舞台——她要求在臺的正式譯名為宓多里，不是五

八通關越道路

一九一六年六月，在大批武裝警察的警戒下，八通關越道路正式動工。由於經過測量，多沿等高線修築，比起吳光亮的「中路」，越道更寬更平坦也更好走，軍警和重武器得以迅速進出山區，也因此兩條山路路線不同，幾乎沒有重疊之處。八通關越道路沿線每隔一段距離就設有警察駐在所，除了聯絡東西交通，最主要的目的是貫徹對布農族的統治與「教化」，同時開發豐沛的林野資源。當拉庫拉庫溪流域的情勢漸漸平緩，為八通關越道路進行「升級」之議紛起，有人提議修建高山鐵道，時任玉里庄長的松尾溫爾更發表專文〈八通關越道路と玉里〉，倡議改建自動車（汽車）道。

（攝影／王威智）

嶋綠，也不再是米多莉——演奏西貝流士和巴爾托克，安可曲安排巴哈無伴奏小提琴「夏康舞曲」，觀眾豪不吝惜給予讚賞，掌聲如籠罩在美托利的嵐霧，久久不歇。

米多莉以天才的姿態躍上世界舞台，遊走洲際，出入堂皇典麗的廳堂，在自己的琴音之外，她最常聽見的就是讚美與歡呼，透過現場演出或唱片錄音，她重覆被喜愛、被聆聽、被記憶。而美托利的地基是威權，藏身於山林莽野，巡查與警手來來去去，最終荒廢，牆傾屋毀，地基所在復為草樹佔領，而山風始終穿透林間，拂動枝葉，簌簌有聲，霧靄照舊瀰漫。

米多莉如閃耀的光源，在音樂這片「時間的藝術」的國度投射明亮的光線。美托利則是一幅陰暗的歷史風景，孤單而潮濕，一點一點被遺忘。米多莉可能不知道臺灣深山有個不起眼的地方，名字的發音和她的一樣，洋溢著令人欣喜的綠意，螞蝗在那裡以音符般的體態躲在枯枝敗葉間，如琴音撩撥聆聽者的心與耳，準備時時貼近人體，吸食溫熱的血液。

米多莉應該也不知道美托利是她的母國在臺灣脊梁地帶以東布農族奔馳游獵的某一道凸稜之上建造的駐在所，小小的據點有兩名巡查五個警手，他們帶著妻兒住在母國千里之外的荒山，被森林和雲霧包圍，還必須時時提防蕃人的刀槍。

奇異的時代結束了，曾經駐守其間的警察都老死了，螞蝗仍然窩在不斷累積的枯枝落葉之上，把四分音符般的軀體伸成直挺挺的

15 みどり，日文，意為「綠」。

休止符，安安靜靜地守候，感應往來人獸的體溫，悄無聲息地攀附，把口器鑽進獸毛或人皮，吸吮溫熱的血液，貪婪而忘我。

米多莉與美托利毫無關聯，直到有一天——只是假設——米多莉安排了一趟旅程。那一天，米多莉把一七三四年的名琴收進琴盒，肩上背包，在布農族嚮導的建議下，她選擇了廉價的長筒雨靴而不是名貴的Gore-Tex登山鞋——當然，她可能會看上帶花色的款式，不是黑、黃素面或嚮導的草綠雨靴——跟著一隊人馬走上八通關越嶺古道。

米多莉來到東埔，整裝完畢，跟著隊友在登山口擺姿勢照相，然後戴上普通的棉布手套，手腕套上登山杖頭的布環，上路。一開始是之字形木階，對壯年的米多莉而言，這段路沒問題。接著是一小段水泥產業道路，米多莉看見路旁登山客口耳相傳的愛玉亭，兩個女孩在亭子裡刮理愛玉子。嚮導說，順利的話，這趟行程得走上七、八天，眼前的愛玉是入山前最後一次享受了。

米多莉不但勇於開拓演奏曲目，對於異地的食物也樂於嚐鮮。她舀了一匙，還來不及讓嫩滑的黃色凝膠下喉，便抬手掩嘴，「好吃」的讚嘆聲從忙碌的齒舌間連連鑽出。陌生的南國山珍口感軟潤而滋味鮮奇，讓她想為女孩演奏一曲以為謝意。米多莉邀請女孩合影，透過翻譯，她記下她們的地址，說好洗成相片寄來。

女孩停下手上來回刮動果實的鐵湯匙，不知道這位講英語的和善阿姨是日本人，不知道她拉起小提琴比說話更悅耳，也不知道幾天後她會經過一個和她的名字一樣美麗的山中小據點。

背包再次上肩，走出愛玉亭，轉個彎就見父子斷崖，米多莉謹慎通過，接著又是一段緊貼岩壁的山徑。嚮導一口氣走到雲龍瀑布才休息。過了雲龍瀑布，林相比較原始，地形更破碎，米多莉想起書裡形容臺灣是一座變動中的島嶼。

一行人切過幾處崩塌地，有些新崩，鬆軟而無踏點，有一、兩處則必須高繞，乙女瀑布前的崩壁規模最大，前後約兩百公尺，但已有路基，不算難走，向前望去，乙女瀑布宛如羞澀的少女，美麗隱藏在枝縫葉隙。

午後兩點半，米多莉來到古道上一處平坦地，嚮導說那是對關駐在所。但沒有房舍啊，米多莉說。沒有人答腔。她看到解說牌，才知道所謂的駐在所是殖民時代的駐在所。

愈接近觀高山屋，坡度愈陡，霧也漸濃，米多莉喘息濁重如布拉姆斯小提琴協奏曲第一樂章一六四至一六九小節的複弦斷奏。夜幕罩下七、八分時，終於抵達觀高坪，看看錶，從對關到觀高，路程不過四公里，足足費去四個小時。

米多莉沒有高山症狀，只是感覺不很真實，她想到母國近百年前橫斷南方島嶼的脊梁開闢這樣一條越嶺道路，即便今日也是一項浩鉅的工程，目的卻只是監控居住於此的另一群人。她無法理解二十世紀前半葉的權力、壓迫、慾望和因之而起的戰事，而她此時此刻就在這條「殖民之路」上。在黑暗中胡思亂想了一會兒，米多莉漸漸闔起雙眼。

醒來時，天光將明未明，米多莉走出山屋，看見一旁的法國菊，兩、三朵，蕊黃鮮豔，花瓣白淨，嬌巧得令人擔心它耐不了涼冷。正在準備早餐的嚮導說法國菊是日本引進的外來物種，這幾年除得差不多了，八通關草原的法國菊幾乎都除掉了，觀高這幾棵是漏網之魚。生物學家說某種植物不應該出現在某地，於是有人下令移除，有人負責執行。高天澄藍，卷雲如絲如羽，浮懸於空。米多莉邊走邊想：「我也是外來的嗎？」

觀高之後，沿途崩壁頻繁，有時高繞，有時下切至溪溝再費力爬回古道，然後，八通關，箭竹草原被陽光照成一片金黃，十分溫暖的感覺，令人忍不住想丟下背包躺上一時半刻。八通關駐在所只剩兩隻立柱，青翠的灌木從柱與柱之間的石階冒出，而縫隙為草族佔據。

玉山北峰與東方的秀姑巒山連成一線，橫亙於島嶼中心，是著名的南北分水嶺，窪居兩峰之間就是鞍部八通關。草原北方是島嶼最龐大的崩崖，陳有蘭溪的向源侵蝕分分秒秒啃嚙斷崖，地震和暴雨鼓動崖稜崩毀的速度，島嶼心臟地帶的綠毯將不可避免地被撕裂。

「有一天，」隊友說：「八通關草原會消失，越嶺道將被迫改線。」嚮導指著玉山北峰：「還有那裡。」

消失的建築，隳壞的山川。米多莉想起巴哈建立的巨大王國，以音符，譬如「賦格的藝術」，他的城堡在時間裡穿梭流動。那些恆久留存的似乎不可觸摸，如清早碧空下絕高的雲絮，或只能以特定的方式接近，如音樂。

那一晚，他們在南營地過夜，野獸在營帳外踩踏，腳步聲繁如清朗夜空之下的星，營地四周的人字砌、酒瓶、瓷碗碎片，則是隔天一早的風景。跨過前一天取水的小溪溝不久又是一條溪溝，下切再高繞，又是溪溝，拉繩下切，沒有踏點。這一段路走得辛苦，但距離大水窟不遠了，八通關越嶺道路西段即將終了，米多莉一步一步靠近島嶼的另一側。

大水窟在茫霧中隱約露出池面，一行人走向山屋，卸下裝備，輕裝往返大水窟山。他們從大水窟山回到山屋時又一次行經大水窟，米多莉爬上池畔一條橫臥著的疊石臺基，這是日本時代臺中州與花蓮港廳的分界，八通關越嶺道路的最高點。這一條石龍上曾經有一座六角亭，多數時候旅人不會走進涼亭，這裡正當越稜處，一年到頭強風不斷，一到冬天下雪冰封，大概只在盛夏時節往來的行人才會走進亭子，躲避高山上毫無遮掩的烈日，稍稍享受山風吹拂與極目遠眺之樂了。

米多莉站在涼亭舊址，靜靜凝視著前方，彷彿正看著毛利之俊曾經看見並請攝影師拍下照片的木造州廳界碑。一九三二年盛夏某日，毛利之俊從八通關越嶺道路東端出發，沿途記錄、攝影，最後抵達米多莉此刻所在的州廳界，他一定曾走進米多莉無以得見的六角小亭，喝水，小憩，放眼所見，萬景怡心，山風飄颯，高峰爽目，

大水窟池與州廳界

八通關越道路橫貫連接花蓮港廳和台中州，東西線交會於中央山脈稜線上的大水窟池。大水窟池位於大水窟草原中央低處，水源仰賴降雨和融雪，這是一座封閉的看天池，沒有缺口向外流溢。

大水窟池是八通關越道路的越嶺點，是日治時期的州廳界，也是今日的縣界，當年池邊有一條疊高的石龍，石龍上立著州廳界碑，碑旁還有一座六角亭，其中有几也有椅。

在亭子裡休息喘口氣，放眼四望，想來是件快事，不過此地海拔接近三三〇〇公尺，四時強風不絕，即使暑夏寒意也逼人，往來行旅通常不會真的進亭子裡納涼騁目。每年嚴冬，雪降冰封，酷寒難忍，附近南大水窟駐在所的警察就曾因冰雪數度下撤保命。

一九三二年盛夏，毛利之俊帶著攝影師抵達州廳界。攝影師按下快門時，石龍邊坐有一人，從他的裝束看來似乎是警察，或許護衛毛利之俊安全前往一探；畫面左右各有一人，服色與前者不同，一個臨湖顧盼，一個面東遙望。

高山的空氣清朗而冷肅，飄風烈烈，灌進大水窟池所在的凹鞍，此刻池裡有藍天，雪白的雲飄進池子，不久從另一側消失。或許駐足池畔俯首凝視池子的正是毛利之俊。

大水窟與州廳界是毛利之俊八通關之行的終點，他在此處折返。幾個月後，《東臺灣展望》在大阪付印成書。（引自《東臺灣展望》，毛利之俊，來源／阿之寶手創館）

綠茵鋪衍，水窟如鏡，波映天藍。

米多莉猜想毛利之俊在玉里街上的八通關越嶺道路起點標前一定也逗留了好一陣子，或許半個小時。如此重要的地標，非記錄不可，當攝影師調整焦距按了快門，毛利緩步趨近起點標，看著這枚繼木造標牌之後豎立的混凝土方尖碑，一側寫著「八通關越道路起點」幾個大字，另一側標示里程「至臺中州廳界八二粁一四五」。毛利請攝影師替他和起點標照相。攝影師說底片貴，毛利揮揮手示意無妨，只催他快。

嚮導舉起登山杖指著西北方的大水窟山，西方的荖濃溪谷和玉山群峰。他轉身指向東北，「底下的山谷是米亞桑溪的源頭。」登山杖一揮，在空中畫出一個弧，滑至東南，「那裡是塔達芬溪谷。這兩條溪匯合後就是拉庫拉庫溪。過幾天我們會順著拉庫拉庫溪回到文明世界。」

米多莉繞著大水窟走了一圈，看見水面的天空和雲團。山屋正前方大草原遠端，有個山頭凸出雲海，霸氣十足。米多莉問那是什麼山。東臺一霸新康山，領隊說。她覺得似乎走到宇宙寂靜之地，忽然想起領隊說大水窟草原是「中央山脈最高隆起準平原」，她不太懂這個地理學名詞的意義，但是她明白布農嚮導對如此一片壯偉的山巒的熟悉意味著什麼，有點像……像她之於音樂，或者音樂之於她。

八通關越嶺道路不僅僅屬於空間和地理，通行百年後，這條路已穿越奇異的關卡，以有限的距離行無限的迴環。它也是一條「時間之路」，而時間無始無終像一條莫比烏斯帶（Möbius strip），可以扭曲、彎折、疊聚。

大水窟草原

大水窟山與南大水窟之間的凹鞍有一片寬闊的綠毯，遠望如草，其實是匍匐的箭竹。這片位於臺灣心臟地帶的翠野原是原住民馳騁之地，水鹿遨遊的樂園，直到十九世紀後期臺灣面臨紛至沓來的變故之後，大水窟草原路徑交錯，滿清總兵吳光亮率飛虎軍開闢中路經此直下東臺灣，近五十年後日本另外修築一條東端起點同樣位在玉里的越嶺道，兩條連接東西的山徑都在大水窟翻越高峻的中央山脈。

前清兵勇曾在草坡上設置營盤短暫駐紮，如今夯土牆為箭竹覆沒，來自咸豐同治年間福建德化窯的瓷器已成碎片，那應當是當時兵勇手裡捧著的碗盤吧。而日警在此立碑設哨，盤查往來人等，嚴密監控布農族的動向。

博物學家鹿野忠雄曾經取道大水窟攀登達芬尖山。他一早出發，那時金光東來，將草坡染成一片橘紅，大水窟池閃閃發亮，穿越草原時看見小花沾上露水，模樣嬌楚動人。從八通關到達芬尖山，這一段鹿野忠雄的探險之路就是今日中央山脈南二段的縱走路線，行走其上，望著清中路與八通關越道路仍然清晰的路基在大水窟池北方不遠處交會，然後各自繼續蜿蜒起伏於幽深高踞的叢山之間，像各自尋找出路的兩個人，點頭招呼後隨即錯身而去。（引自《東臺灣展望》，毛利之俊，來源／阿之寶手創館）

米多莉與毛利之俊都站在時間這條莫比烏斯帶的表面，沿著僅能看到的路一直走。三天前，米多莉走了進去。藉由《東臺灣展望》這本「紀念冊」，毛利之俊往復穿梭於八通關越嶺道路，而且不會停下來。

現在，米多莉越過州廳界。不久，他們將再度於美托利相遇。

大水窟駐在所殘存的石牆邊歪躺著癱倒的建材，不是駐在所的遺跡，而是颱風吹垮的第一代大水窟山屋殘骸。大水窟駐在所是八通關越嶺道路沿線最高的駐在所，不久前米多莉經過的大水窟山屋標高三二八〇公尺，此地海拔下降有限，還在三千以上，冬季冰雪酷寒可想而知。米多莉想像臺灣最高駐在所的日常起居：警手和巡查長年穿著厚重的衣物，槍不離身，監視蕃人的一舉一動。那麼，持續的警戒會不會把日子變得像吊死者繃直的喉頸呢？

在霧氣逐漸籠聚的駁坎下、枯木旁、箭竹叢中，米多莉發現酒瓶碎片，透明綠色玻璃瓶身下的石塊和竹葉看起來像夢境，清楚卻不真實，破裂的瓷碗白淨得突兀，這都不是山區該有的顏色。

高海拔、低氣溫、低氣壓讓刺絲圍網內的生活像煮不透的米心，卻不得不吞下肚。米多莉想像難以入眠的高山的夜晚和容易乾躁的喉頭，她瞇起雙眼抬起頭，深深吸進一口氣，試著體會總是少一口氣的肺葉多麼容易發喘。

米多莉停下來回頭望望腰繞延伸的道路，忽然發覺大水窟駐在所的基地規模很可能比多數她登上的舞台還小，但是它像一座堡壘，固執地佇立在大山之下的側稜平坦處，監看島嶼的心臟，用槍炮瞄準森林和草原。

她不知道巡查和警手透過步槍準星看見的山林是不是和她裸眼

看見的一樣——這很難想像，她甚至不曾親眼見過槍；躲在一座隨時扣下扳機發射砲彈的堡壘中，要怎麼走近樹木、花朵和草葉？一旦嚴冬苦寒，活水凍結，天地逼迫一切事物暫停之時，警察和家眷不得不撤退，才會踏上米多莉此刻所在的路徑，那時飆風寒瑟茫霧飄籠，白雪已經或正在覆蓋大地。他們仍然看不見樹木、花朵與草葉。

一行人繼續前進，途經一片平地，似乎是部落遺址。雖然接近中午，不過領隊決定繼續推進，不多停留，只喝口水。除了少數必須下切上切的崩塌路段，一路下山並不太耗體力，他們打算在米亞桑休息午餐。

米亞桑是大水窟以東第一個據點，領隊說米亞桑是大水窟駐在所的冬季行館，兩處距離不遠，雖然冬天酷寒時米亞桑也會積雪，草木覆著薄冰，風勢更是強勁，但海拔相差了五百公尺，比起大水窟自然暖和一些。

從大水窟急忙撤退的警察一路護著包頭覆臉的家眷，快到米亞桑時拐進一旁的寬闊平台，馬上就看見警察辦公室和宿舍。他們從大衣口袋抽出凍冷的手，痛苦地敲門，聲音顫抖地叫門。「辛苦了。」米亞桑的警察遞上熱水和溫候多時的清酒，一邊招呼，一邊暗自慶幸沒被派往大水窟。

米多莉胃口欠佳，勉強吞下一片榛果巧克力，喝了幾口熱鹽水，她腦中轉的盡是大水窟警察急忙下撤的畫面，像一部停不下來的影片。

大水窟的警察和家眷在米亞桑過冬。兩地的女眷為除夕夜的飯菜忙進忙出，爐灶如火山噴發般冒著熱氣。一名警手從山溝提了水回來，冷得直抖；多數人在宿舍裡聊天喝酒，香菸一根接一根，薰得滿室白霧。除夕宴開始，並非不得了的豐盛菜色，有人開玩笑地抱怨沒有魚，米亞桑的主管巡查笑罵：「笨蛋，你以為你在哪裡啊？」這時，大水窟的巡查從懷裡掏出一隻小包袱，慢慢解開，猶如冬日雪原上反射的日光，兩只魚罐頭射出刺眼的光芒，霎時間嬉鬧凍結如屋簷下的冰柱，女眷發覺不對勁，紛紛走出廚房察探。「笨蛋，」巡查又罵：「打開呀。」眾人哈哈大笑。那是一個歡欣熱鬧的除夕夜，不絕的笑語和近乎吼叫的歌聲似乎驚動了屋外的野獸，有人聽見一聲輕而短促的「呃」……。米多莉想起個人演奏生涯的起點。那年她十一歲，獲邀在一年一度的紐約愛樂新年音樂會神秘現身，她不知道三十年前的新年夜她激起的掌聲多，還是八十年前荒山之中一個沒有鎂光燈的除夕夜突然出現的魚罐頭更令人驚喜。

事實是米亞桑駐在所遺跡只剩一片站滿松樹的平台，松針鋪了一地，少數朽壞的木料、鐵皮、鐵線與錨釘，如摔碎後沒有細心清除的玻璃粉屑，似有若無地在露出松針毯上頭。平台下方有一片櫻花樹，但這時不是花季。翠綠的櫻葉之外有歪斜的木柱，木柱之間是扭曲的刺絲網。

在腦袋裡演奏帕格尼尼的小提琴協奏曲對米多莉並不困難，但她想像不出米亞桑駐在所完好的樣子，更不願看見圍網內的櫻花樹盛開的景象。

關於音樂，柏拉圖怎麼說來著？米多莉試著回想：音樂賦予宇宙靈魂，予心智以翅翼，令想像飛翔，予悲傷以魅力，予萬物以歡愉和生命；音樂是秩序的奧義，通往良善、正直與美麗，它無形卻又是耀眼、熱情而恆久的存在。

或者她記錯了，柏拉圖沒這麼說過，無論如何，米多莉腦海裡轉的是駐在所不能給予任何事物靈魂，它消磨靈魂，也被更巨大的東西消磨。

隨著海拔遞降，他們進入潮濕的中海拔。嚮導帶著米多莉從古道上切，陡坡架著刺絲網。圍網後方是馬沙布駐在所，米多莉看不出任何建築的痕跡。遺址上有一面解說牌，引用「當年的文獻」描述馬沙布附近的環境：「枯損檜木的純白肌膚有如山中精靈，在深綠的密林中隱現……」這不就是毛利先生筆下的描述嗎？那裡陰暗而潮濕，是檜木喜愛的霧雨林帶，落枝朽葉在地面堆積，厚厚一層，腳步稍一拖行，便掀出潮濕的黑土，蟲子登時蜂擁湊近，空氣中瀰漫著腐敗的氣味，嚶嚶不絕的蟲鳴。

那是樹木蟲獸的天下，卻不是令人愉快的地方。感到愉快的必然是螞蝗了，事實上是狂喜、雀躍。在無止盡的等待與饑渴的催逼下，它們恨不得長出雀鳥的腳，盡快蹦近溫暖的肉體。

米多莉不知早被螞蝗盯上，當嚮導催促眾人下古道繼續前進時，螞蝗已叮上她，而她毫無知覺。貼身而令人不知不覺是螞蝗必備的技能，螞蝗上身而不知不覺是人們該有的反應。

螞蝗耐飢，往往一、兩年不吃不喝還不死，它們躲在枯枝落葉或低矮的草葉上，如靜定的隱者，以無比的耐心與毅力守候偶然遇見的人獸。這種環節動物的外形簡約如枯枝，體型細小，大者一寸，通常就是八分釘、六分釘模樣，粗細也相仿，體色黑褐，有的伏在草叢裡，有的懸在樹葉上，挺直身體在空中旋轉探觸如斥候，敏銳的感覺器一偵測到細微的溫度變化，就設法貼近並牢牢攀附，必要的話，它們可以把身體抽長一倍，好像體內植入彈簧似地，拉長後的身體更細以至於有隙必鑽，無孔不入。它們會在人獸皮膚抹上「麻醉劑」，以帶齒的顎輕輕劃開皮膚，然後注入「血管擴張劑」，手段之精細準確不遜於人類的手術。再來就大施吸血之術，這時螞蝗的本領才徹底地施展開來，它們分泌「蛭素」——這是出了名的抗凝血劑——確保枯燥漫長的等待不會徒費力氣，確保溫熱鮮美的體液汩汩不絕流進它們的體內，細瘦如線的軀體因此令人匪夷所思地膨脹，最後甚至比小指還粗壯。

下切、橫渡崩壁。天氣不很穩定，一邊出太陽一邊下雨，塌了但堪行的古道有些滑溜，米多莉一失神滑了腳，手一撐緊接著就是一陣淒厲的嚎叫，古道兩旁的咬人貓令她的手掌浮起片塊形凸疣，劇痛讓她想起練琴按弦，這時她發現膝蓋上滲出血漬，領隊替她脫下雨鞋，捲起褲管，點燃打火機湊近一隻吸了七、八分飽的螞蝗。

螞蝗顯然不願離開，身體扭了扭才鬆口，領隊把它彈開。螞蝗掉在石頭上，領隊一腳落下，踩出一灘血。

路旁再度出現鐵絲網時，就到了沙沙拉比駐在所。沙沙拉比有三階平台，當年派駐此地的警察自力砍伐檜木建造屋舍，他們甚至在辦公室前方搭了一座四腳涼亭。毛利之俊說沙沙拉比的警察誇耀自己「打造了一棟像資產家的別莊一樣的檜木殿堂」。

華麗的山中殿堂消失得很快，米多莉只看見木樁和刺絲勉強撐起的圍網，少數殘存的梁桁仍以當時的結構排列著，卻癱在陰濕的地上，表面滿布青苔，像一條條粗大的綠色線條。米多莉拿著登山杖輕輕一戳，木材軟陷的程度令她有些吃驚，像豆腐。

沙沙拉比的平台上有幾棵楓香和櫻花樹。楓香長得十分壯碩，有五、六層樓高，她猜這兩種和周圍樹種不太搭得上的樹木，多半是日警所植。她還發現酒瓶和肥皂盒。

沙沙拉比駐在所位於越嶺古道短暫折向西方的端點，日本人把朝東那一面的林木砍得一乾二淨，製造了良好的展望，是眺望海岸山脈的好地方。米多莉怎麼也看不出來，平台四周沒有一處沒有障蔽，除了幾個當年為了建屋築舍砍伐取材留下的巨大樹頭。草木一一復活，森林無聲無息地治癒自己，彷彿什麼也沒發生。

離開沙沙拉比，才走了一百公尺，米多莉就看到路旁的紀念碑，寫著「故花蓮港廳警手スラ、アセン戰死之地」。這是她遇見的第一座紀念碑，接下來的路程裡她會看見更多，現在她還沒有想到一路走來，為什麼只在越嶺道東段才看見紀念碑。

那是一枚混凝土方尖碑，普通無奇的形式，スラ和アセン兩人遇襲那一天是一個平凡的春天，嚴冬剛剛離開，天氣漸漸暖和，櫻花樹滿掛花苞，有的已經綻放，有的正要綻放。米多莉似乎也可以看見滿山綠意中點綴著一樹緋紅甚至一小片櫻紅成林的景象。

在那樣的畫面裡，托馬斯駐在所的兩名警手スラ和アセン連同另外兩名同事，受命運送物資到大分，一路平安，沒有遇到特殊情況，他們沿途看見零星的櫻花樹，每一株都像火花般掛著千百朵嫣紅的吊鐘。一行四人在午後順利回到托馬斯，那天的任務本來應該已經完成了，但他們又往馬沙布方向巡邏，去時沿路平靜如常，草木開始抽出新芽，新的一年果然到來了。他們和馬沙布的同事聊了一會兒便要離開，再聊下去就得摸黑。他們邊走邊聊，對從早到晚看見的櫻花品頭論足，他們一致的意見是馬沙布的櫻花雖然也好看，但似乎還不到盛開的時候。也許他們受到襲擊時的確正熱烈聊著大分到馬沙布一線的花況，因此悶而突然的槍響沒有立刻驚動他們，

三分之一甚至五分之一秒後，スラ和アセン才像斷然離枝的櫻花癱倒落地，另外兩名警手慌張地尋找掩蔽，最後幸運逃脫。他們在草木間奔竄，驚恐地聽見スラ和アセン的哀號，斷斷續續，在一陣激動而充滿恐懼的求饒後，スラ和アセン不再出聲，蕃人勝利的吼叫繼之而起，在昏黑的深山傍晚迴盪著。

「什麼聲音？」米多莉問隊友有沒有聽見：「好像有人在求救。」

領隊要她緊緊跟在他身後，托馬斯駐在所離紀念碑不遠。半個小時後，他們下切到一條小溪溝，過了溪溝後上切接回古道。十分鐘後，路邊出現水管，又走了一會兒便看見一片完整的鐵絲網，托馬斯駐在所就在下方。按行程托馬斯是當天的營地，嚮導說托馬斯的布農族語意是「熊很多」，是當年八通關越嶺道路東段規模第二的駐在所，主管位階如同大分，都是「警部補」。

天色暗得很快，紮了營，吃了晚餐，累了一天，整隊人馬早早入睡。米多莉以為夜裡「熊很多」的托馬斯一定很熱鬧，但這是一個寧靜的夜。

天光穿過枝葉照了進來，吃過早餐，領隊帶頭把托馬斯好好逛了一圈。托馬斯有三階平台，駁坎十分雄偉，從下層看上去就像管風琴那樣壯觀，而且仍然完整。

從毛利之俊和他的攝影師留下的照片，米多莉看見托馬斯駐在所有不少房舍，近百年前在深山起造這樣一處「建築群」，要有怎樣的意志並耗費多少人力呢？托馬斯曾經設置療養所和香菇乾燥室，與大分之間距離一日路程，因此也設了「客間」，往來行旅得以借宿。

還有山砲和重機槍。托馬斯與華巴諾駐在所一北一南鎮服米亞桑、太魯那斯和大分地區的蕃人。「教化和武力，」米多莉尋思，「這就是我的母國用來控制『新國民』的手段啊。」

古道向西北凹折，回南再度伸向東方。朝南遠望，巨大的山巒腰間鑲著一絲細線，那是意西拉至土葛間的越嶺道路。她繼續跟著隊友來回探索，意外發現熱水窯，卻毫不意外地看見它僅存木質底座。他們在不很潮濕的地面找到鐵皮水管，這樣大的「聚落」應當有座蓄水池，那麼，托馬斯的警察會不會允許蕃人揹著大竹管來取水呢？來取水的是男子還是女人呢？

官廳屋舍毀壞殆盡，殘餘的痕跡也幾乎被自然吞噬得無影無蹤。那幾棵蘋果樹呢？

毛利之俊來到托馬斯時正值盛夏，他說氣溫涼冷，不超過華氏

七十二、三度，適合種植蔬菜，罕見的是蘋果。駐在所的庭園裡種了好幾棵蘋果樹，它們身上背負著和櫻花一樣沉重的鄉愁，只是長不出家鄉的滋味，果實嬌小，又酸又澀。即使如此，那些和警察一樣從家鄉飄洋過海的蘋果樹仍然被當成寶貝，讓警察十分自豪。

毛利之俊每到一處駐在所，一定邀請駐守的警察和他們的家眷合影，至於出自敬佩還是同情，毛利先生並未透露。一九三二年夏天，托馬斯駐在所的七名警察、六名著和服的女眷以及七個看起來不滿五歲的兒童、兩個坐在母親腿上的幼兒和兩個襁褓中的嬰兒，秩序井然地或坐或立，在攝影師指揮下在庭院裡照了相。

照片裡的人多半拘謹。主管模樣的警察蓄著八字鬍，抿著嘴但露著隱約的笑容，其中一名警察折彎了左臂搭在同事肩上。女眷的素面或條紋和服離華麗很遠，和她們的日子一樣平淡，只有右邊那

托馬斯的蘋果樹

時值盛夏，不過托馬斯涼冷，不超過華氏七十二、三度，適合種植蔬菜，罕見的是蘋果。警察在庭園裡種了幾棵蘋果樹，孱弱的蘋果樹背負著和櫻花一樣沉重的鄉愁。托馬斯的蘋果樹果實嬌小，又酸又澀，長不出家鄉的滋味，即便如此，它們和警察一樣從家鄉飄洋過海，仍然被視為異鄉罕有的寶貝。

昭和七年夏，毛利之俊讓攝影師在托馬斯留下一張紀念照，七名警察、六名穿和服的女眷以及七個看起來不滿五歲的兒童、兩個坐在母親腿上的幼兒和兩個襁褓中的嬰兒，秩序井然，或坐或立。大家都顯得拘謹：蓄著八字鬍的警察抿起嘴但隱隱顯出笑意，一名警察折彎左臂搭上同事的肩膀；女眷都著素面或條紋和服，一點也稱不上華麗，看起來和她們的日子一樣平淡；一個男孩口含食指，另一個或許因突來的鳥鳴而分心於是撇頭看向別處，還有一個不知為何在快門按下的瞬間低下頭。

光線從左上方斜射而下，在前方地面投落淺淺的陰影，背景的樹木當然是蘋果樹。（引自《東臺灣展望》，毛利之俊，來源／阿之寶手創館）

一個似有笑意。一個男童口含食指，一個撇頭看向別處，另一個在快門按下那一刻低下頭。光線從畫面左上方斜射而入，在前景的地面投下淺淺的陰影，背景是一株高過兩人的蘋果樹。

米多莉請隊友幫忙找找那幾棵蘋果樹，特別是相片裡那一棵。但景貌的變異過於劇烈，屋毀人去，不屬於此地的似乎都以各種合宜的方式被摧毀或被吞噬，一一退出這片本來就與之格格不入的土地。

走出托馬斯不久便須下切至塔達芬支流溪谷，涉溪而過爬上古道。岸邊籃球大小的石子覆滿青苔，渾身綠絨絨，乍看之下還意會不來那是什麼古怪的東西。走了不滿百步，米多莉遇見第二座紀念碑，一樣的混凝土方尖碑。

スラ和アセン遇害後剛滿一個月，宮野七兵衛等四名巡查帶著

戰死紀念碑

八通關越道路東段立了近二十座殉職紀念碑，或因開路遇難，多數是遇襲殉職的緣故，將這些方尖碑連起來就是一段鎮壓與反抗的歷史。

一連串死難的起點是喀西帕南事件。一九一五年夏初，拉庫拉庫溪流域爆發連鎖抗日，幾天之內喀西帕南、大分兩處駐在所的警察全數遭到殲滅，馬西桑駐在所和太魯那斯駐在所緊急撤守。這場抗爭之火一直延燒到盛夏，日本當局只能圍堵，架設鐵絲網，通電阻斷山區與平地，把布農族人隔絕在幽深的中央山脈。一九一七年，布農族人終於被迫繳械，在璞石閣支廳舉行的「高山蕃歸順式」中，他們蹲坐在地上，面對一字排開安坐如儀的日本警官和軍官。又過兩年，日本當局沿著拉庫拉庫溪南岸修築八通關越道路，貫穿遼闊的山區，切斷布農族群落彼此間的聯繫。

從開路到完工初期的三年，日警再度遭到布農族人頻繁的抗拒，這段期間紀念碑累積得十分迅速。對派駐八通關越道路沿線駐在所的警察而言，每天面對的是資源不足的生活，亞熱帶中海拔森林的潮濕，無孔不入的吸血螞蝗，還要提防來去無聲息的「蕃人」，他們躲在枝葉間，眼射精光。（攝影／王威智）

兩名警手奉命繪製越嶺道路里程圖。他們一早出發，可能還來不及開始執行任務就遭到偷襲。在一陣槍火後，宮野七兵衛等四人中彈身亡，兩名巡查一名雇員重傷。他們受到攻擊的時間差不多就是米多莉看見紀念碑的時刻，上午八點半，陽光剛剛照進密林，菘羅如絲絮成團掛在樹枝上，到處都有，在幽暗中閃耀著瑩瑩淡淡的綠光。那時他們或許正在討論工作細節，或者聊著前一天晚上誰先不支醉倒，也可能小心翼翼踩著步伐，注意四周的動靜。無論他們在做什麼，都被槍聲硬生生截斷，包括他們的性命。

跨越塔達芬溪支流的朋珂橋早已毀壞，米多莉一行直下溪溝，在朋珂駐在所與宮野七兵衛等戰死碑之間接上古道，他們決定往前走，不回頭去看已經夷為平地被蓁莽吞沒的朋珂駐在所。那是一座短命的駐在所，連毛利之俊也來不及一探。

很快地，他們來到意西拉吊橋，新舊橋一左一右，一上一下。舊橋是八通關古道全線僅存的日本時代鐵線橋，橋板完全毀失，鐵線、橋柱和橋門仍然完好，只是橋身已扭曲，若是走在上頭，往下看就是塔達芬溪，少了橋板的遮攔，溪水激奔的聲勢一定加倍駭人。

幸好一旁就是新橋，橋面布了鐵網，中央一線再覆上木板，走起來安心多了。渡了溪，米多莉走向舊橋。橋門由三根原木組成，想來是就近砍伐而來，造型像神社的鳥居，上頭藤蔓猖獗。她伸手摸著母索，冰冷的觸感從手心直透脊骨。徹骨的冰冷一半來自鐵索組成的方式，二、三十根鐵線捻成一條粗大的主索。多麼浩大的工程！母索每隔一段即以鐵線收束，收束處鐵線絞纏如結，既剛硬又柔軟，平滑美麗的曲線猶如一枚小巧的裝飾音。

米多莉在腦袋裡拉起法朗克的小提琴奏鳴曲，但很快就被路旁一個高高長長的休止符打斷。又一個紀念碑。一九二〇年，巡查部長仁木三十郎監造第一代意西拉鐵線橋，工程隊突遇狙擊，他驚聲警告工人趴下找掩護，自己卻被子彈貫穿胸膛。

這個休止符拖得很長，穿過狹葉櫟與大葉柯密林，直到厚重的駁坎又一次出現。意西拉駐在所躲在塔達芬溪谷深處，粗壯的老樹把枝幹伸向溪谷，險惡的托馬斯崩崖在葉隙間時隱時現，濃密的樹冠包圍寬敞的平台，遮蔽天空，稀疏的日光在鋪布枯腐葉片的地面上飄移。

意西拉與塔達芬之間的路段多有損毀，上切下切，橫渡崩壁，括月倒木，謹慎地走過棧橋。塔達芬駐在所在古道右手邊上方大約一層挑高樓房的高處，芒草又高又密。

走上陡直的石階，米多莉在草叢裡找到不少酒瓶，還有零落的白瓷面霜罐。她想起毛利之俊替塔達芬的警察和家眷拍了一張照片，彷彿分配好似地，兩個巡查插在三個警手間，兩個婦女，其中一個抱著嬰兒倚在駁坎上，三個小童站在最前方，他們站在越嶺道上，背後是刺絲圍網，圍網之後是石階和只露出一半的官舍。

照片裡的人應該就是當時塔達芬駐在所的全部成員了。除了風雨草木和鳥獸，他們的日常生活想必沒有太多樂趣，圍網事實上擋不住蕃人的威脅，而櫻花和楓樹不知慰解了鄉愁，還是讓鄉愁一年一年跟著長大。從那些瓶瓶罐罐看來，酒是必需品，而面霜是奢侈品。男人喝酒解悶，一杯接一杯，不知道何年何月可以下山；女人沒忘了保養裝扮，或許希望離開時還是一樣貌美青春，只是面霜得省著用。毛利先生離開後不久，他們也離開了跟小小的駐在所。兩年後的深秋，塔達芬駐在所裁撤，米多莉想那一張照片一定是他們在塔達芬最後一張紀念照，或許也是唯一的一張。

意西拉以東的越嶺道沿著塔達芬溪南岸開築，儘管山坡陡峻，塔達芬至土葛間的越嶺道卻十分平坦，走來輕鬆，右手邊是鑿得近乎垂直的山壁，左手邊就是斷崖了，越嶺道就在山腰上順著等高線如蛇般蜿蜒而去。

「看。」路旁有一棵攔腰截斷的巨木，嚮導指著樹上的刻痕。米多莉吃力地辨認樹上兩個漢字。自從十一歲離開古城大阪，漢字就離她愈來愈遠了。

那是電話桿，桿梢釘著木條，桿身刻了「吉馬」兩字，桿腳留了一顆破了的絕緣礙子。山裡可以沒有電，天黑了點油燈，但不可以沒有電話。

究竟在這片山裡花了多少精神啊？如同世人難以想像她的天才

生涯，對她的琴藝只能由衷地欣賞，米多莉也無法理解一百年前的母國。

土葛駐在所就在路旁，厚重的砌牆仍然完好，有人在駐在所平台上用一張大帆布搭了雨帳，裡頭留了幾隻小鍋和鋁箔睡墊，看來一直都有人在此活動。是獵人嗎？咬人貓鋪了一地，米多莉一看，恐怖的刺痛麻癢頓時又上身了。領隊指著一道石板說，那是以前警察圍成的花圃。殘蹟還在，花樹早不知去向。

大崩壁。在地圖上古道有一段空白，雖然沿途崩塌不斷，但土葛大崩壁是最驚險的路段。塔達芬溪和米亞桑溪在土葛駐在所東方的山谷匯合，水流猛烈沖激崖壁，山壁坍塌得很厲害，日本時代有好幾段斷崖，但連年坍方使得崩壁合體，現在有三面大崩壁。領隊叮嚀一定要仔細看，小心走，還要注意聽。聽？聽什麼？米多莉問。

落石啊，領隊說。

地圖畫得沒錯，完全不見路基。一開始先下切再橫渡，看起來還好，全員順利通過。轉個彎第二段崩壁迎面而來，有兩座籃球場那麼長，中間部份不太好下腳，有一片看來一踩就滑動的碎石，踩著前人踏出來的階梯狀的踏點，米多莉驚險過關。第三段崩壁的碎石一踩就滑，米多莉緊跟領隊，踩著領隊踢出來的踏點，手扶崩壁快速通過。

正慶幸落石沒在隊伍行進間滾落，米多莉回頭一看，卻瞥見一頂黃色工程帽危顫顫的趴在懸崖邊緣，這時幾顆柳橙檸檬大小的石塊嘩啦啦順著崩壁又蹦又跳滾下來，叩一聲擊中帽子，小黃點動了起來，跟著石塊往下墜，幾秒鐘後懸崖下方深處的草叢裡便隱約出現一個更小的黃點。過了崩壁接上古道前要拉著鐵鍊下切，又是一處崩壁。這片崩壁很不穩定，不時有細碎的石粒唰唰滑落。

這段路距離不遠，卻花了將近一個小時。「戴黃帽的人出了什麼事？」這麼想著走著，米多莉不知不覺就過了和意西拉吊橋一模一樣的拉古拉吊橋，下方的溪谷是拉庫拉庫溪另一條支流闊闊斯溪的小支流。不久，路邊立了支里程牌，離大分山屋不到兩公里，指標之一指向路左一道長長的石階，沿著往下就是拉古拉駐在所。

剛過午，還早，領隊帶著大家走了下去。階梯旁一整行李樹衛兵似地列隊，當然又是當年警察的傑作，有些枝幹已斜斜伸到階梯上方。站在階梯接近盡頭處，米多莉彷彿看見毛利之俊看見的：

右側門柱上掛著木牌，寫著「花蓮港廳玉里支廳ラクラ警察官吏駐在所[16]」；蓄一字鬍的警察在另一側站哨，頭戴太陽帽，著長袖淺色制服，腰帶緊束，兩腿挺直，手持長槍，槍托著地。兩片木柵門往內推啟，刺絲圍網高在胸腹之間，四十八級階梯盡頭有兩道石板疊成的厚牆，分向左右為駐在所的屏障；石牆與圍網之間有棵樹，枝葉茂密。時當白日，辦公室前門當然大開，後門一定也是敞開的，光從那兒竄向前方，進了屋裡。駐在所後方是北流注入拉庫拉庫溪的闊闊斯溪溪谷，駐在所面西。毛利先生說拉古拉風景優美，他站在門柱前望著逆光的「南洋小別莊」，那時必當午前，來自東方高空的光才能自屋後射進。

「南洋小別莊」如今是一片鋪滿松針的平台。高立的樹幹間騰空吊著一隻鐵罐，領隊說那是誘食器，多半是調查黑熊的研究人員設置的。熊？米多莉有些驚惶。是啊，領隊說，八通關越嶺道東段不但是布農族的大本營，也是黑熊最常出沒的區域，一路上有不少黑熊在樹幹上抓出的爪痕。

領隊忽然在米多莉腳邊蹲下，若無其事地說，比起熊應該更注意的是螞蝗。只見他撿起枯枝，輕輕撥去雨靴上一截黑線頭，順手撒了一小撮鹽。

一行人步上石階，接回古道繼續前進。他們走進一大片原住民聚落的舊址，古道兩旁有不少殘垣斷壁。古道突然斷了頭，前方是拉古拉斷橋，得往下切向溪谷。轟隆作響的大分瀑布高高垂落，拉古拉鐵線橋母索在瀑布前拋出美麗的弧線，懸垂在空中，孤零零地，瀑布激飛霧沫，飄過鐵索瀰漫於谷間。

拉著鐵鍊下切到底，走過新建的鐵棧橋，再往上爬回古道，米

16 即「花蓮港廳玉里支廳拉古拉警察官吏駐在所」。

多莉一步一步接近八通關越領道「東段首都」大分。大分瀑布之後的古道兩旁都是老屋遺跡，道路築在村落中央凸起的駁崁上。古道維持得極好，上頭積了一層厚厚的枯葉，這大概就是此地居民遷走前的景況吧。

米多莉放慢腳步，閉上眼，在極微的的風中依稀聽見老人坐在門口聊天，兒童追逐嘻鬧，年輕人打獵歸來的歡呼，從前這裡的人們一定過著自足而豐滿的日子。

路面變得有些凌亂，嚮導說都是山豬翻扒的痕跡，才說完就看見紅屋頂的大分山屋。伴著陣陣歡呼，隊員肩上的大背包一一落在屋外那幾張木桌上。天氣晴朗，天空清藍，巨大的雲團遮蔽了午後三點炙人的日頭。米多莉跟著大家癱坐在木椅上，山風時行時停，汗水很快被拂去，倦意似乎也跟著減了一大半。

「門牌，大分山屋有門牌。」隊員一臉驚奇地唸著，「卓溪鄉卓清村十鄰清水一〇一之七。」大夥兒一一把裝備搬進山屋，嚮導開始準備晚餐，有人衝進浴室，享受山中無比奢侈的熱水澡。

「走。」領隊邀請米多莉，「帶你逛逛大分城。」米多莉跟著領隊爬上山屋後方的山坡，回頭站定。左手邊下方是來時路，中央偏左是山屋，三層平台一目瞭然。「山屋所在是駐在所舊址。」領隊邊指邊介紹，兩支粗壯的水泥門柱依舊完好，越嶺道穿越這一層平台往下方的河階而去。中間那一層是官舍，有警察俱樂部和宿舍，上層是獨棟的警部補官舍，正對著警部補官舍的武德殿是大分最雄偉的建築物。領隊彷彿在描繪一個機能完整的社區，有辦公區域、生活區域，還有儀典專門區。

那些建築物確實存在，米多莉在毛利之俊的書裡見過，卻像夢

東段首都

大分駐在所號稱八通關越道路「東段首都」，設施完備，不但有必備的警察官廳、宿舍、廚房，還有附帶教員宿舍的小學校、蕃童教育所、蕃產交易所、被服倉庫、酒保、倶樂部、宿舍、豆腐小屋、木工作坊、養蠶室、貯水槽，以及毛利之俊不及看見的武德殿。在那樣的時代，那樣的深山，大分的建築群簡直是難以想像的艱鉅工程，這一切都是為了安置眾多駐守在此的警察，而警察是為了監控桀敖的布農族人。

所有窮盡人力的建築物都曾經切切實實地存在，卻像夢一樣消失得乾乾淨淨，只剩武德殿後方的混凝土彈藥庫，在厚重的石牆圍護下，像個棄兒縮著身子躲在「首都」的角落。

（引自《東臺灣展望》，毛利之俊，來源／阿之寶手創館）

一樣消失得乾乾淨淨，只剩武德殿後方水泥建造的彈藥庫，在厚重的石牆圍護下，像個棄兒孤單地瑟縮於角落。

夜裡，米多莉睡得不安穩。有人說黑熊在屋外扒搔著牆壁，山羌在十分靠近山屋處啼叫，聲音短促而尖銳。安靜了一會兒之後，她聽見嬰兒的哭聲，讓她有點吃驚。誰把嬰兒帶到這樣的深山？兒童吵著買糖，女人走來走去忙裡忙外的腳步聲，似乎都只隔著一扇門。

推開門一看，屋舍儼然，男人女人各忙各的。她跟著一個抱著木桶的女人走進豆腐小屋，一大袋黃豆幾分鐘前才磨完，兩個女人把豆汁倒進棉布過濾，一旁的豆渣有股說不出的青澀。有個女人往豆渣加進調味料，一球一球放進鍋裡壓扁煎成焦黃的豆餅，好幾個四、五歲大的小孩大概聞到香味，跑進來討著吃，又要了豆漿。駐在所四周有菜園，但每一畦菜圃都不大，種植的數量也不多，小白菜、蘿蔔、紅蘿蔔，只夠一家子吃。深山的雞鳴似乎特別清亮，但米多莉沒看見雞舍，也沒看見雞在附近走動。

米多莉循著呼喝聲走向武德殿[17]，探頭看見有人又拉又摔練著柔道，有人穿著護具揮舞竹劍對打，他們都是古道沿線的警察，輪到他們到大分來受訓修練了。負責水路暢通的警手正向瀑布出發，檢查引水路究竟出了什麼問題，水量突然減弱了，「希望別又是山豬搞的鬼。」唸著唸著走遠了。幾個蕃人揹著竹簍走進交易所，不知道他們今天帶了什麼，薯榔嗎？換些什麼呢？布疋、鹽還是火藥？

酒保在駐在所後方，是越嶺道上少見的雜貨店，魅力不亞於城市的百貨行。這一天正逢酒保定期補貨，五、六十個蕃人挑夫長龍般穿過駐在所大門，他們從玉里本店「岩田屋」出發，挑著擔子趕了兩天路。大分本來就熱鬧，這麼大群人帶來五花八門的貨品，讓大分變得跟市場一樣，賣針線的，賣剪刀菜刀兼著磨刀的小販也跟著上山，他們知道監視區管內的警察太太們會不辭辛勞走上好幾個小時湧到大分來採買。挑夫一一卸下重擔，把貨物堆進酒保後方的倉庫，一包包白米，成桶的味噌、醬油，鹽是一定有的。巡查們在一旁看熱鬧，裝滿酒汁的玻璃瓶一箱一箱從眼前流過，難掩興奮地吩咐挑夫輕抬輕放。還有五顏六色的糖球、牛奶糖、餅乾，小孩子一看到絕對瞪大了眼，不過他們現在都在駐在所下方的教室上課，無緣目睹這一幕。

17 武德殿，發源於日本的警察系統，是練習武道的場所。「大日本武德會」明治二十八年（一八九五）成立於日本京都，會員多為警察，由其建造的武道場建築即為「武德殿」。

米多莉往下走進蕃童教育所和小學校。蕃童穿著制服，女孩的髮型只有一種，濃密的黑髮像一片黑亮的瓜皮讓眉毛露出來但蓋住雙耳，男孩子短髮，幾乎光頭，沒穿鞋是他們和日本小孩不一樣的地方。小學校比蕃童教育所大多了。幾個小朋友繞著迴旋塔遊戲，尖叫笑聲隨著風在校園裡蕩漾；更大一點的在教室裡練習唱校歌，歌聲斷斷續續，米多莉好不容易才聽齊了歌詞：

綿延連續的新高山脈，
千山萬山腳下的大分。
八通關道路上的要地，
面對著拉庫拉庫溪。
承襲氣勢雄壯的山靈，

清澈溪水洗滌的身軀。
在此學習研修的吾等，
成為思想堅定的一群。

她跟著一隊小學生走到校園下方的河階，「殉難諸士之碑」和「納靈之碑」一前一後立在河階平台上，那是十三名在驚慌中喪命的日警。石碑四周圍著櫻花樹，緋紅的細碎小花鋪了一地。學童認真地拔草，清理石碑，奉上鮮花，跟掃墓一樣。米多莉閉起眼睛試著想像被追殺的警察，他們都很年輕，二十六、二十七、二十八、三十、三十二、三十三，最長的不過四十六歲，來自鹿兒島、長崎、熊本、宮崎、岡山，命喪異地是他們最不想要的下場，但是突然遇上了，根本來不及拒絕。

轟地一聲，突如其來的巨響響徹山谷。「可怕的雷聲。」米多莉走出山屋，大分跟昨天來時見到的一樣寧靜，一樣荒蕪。吃了早餐，一行人早早出發。他們穿越昔日的校園，現在是一片樹林，完全看不出教室的痕跡，而石碑淹沒在一片竹林裡，櫻花樹無影無蹤。

過了大分橋，接連上切下切渡溪溝，經過莫庫拉藩，有許多布農族房舍遺跡。本來越嶺道沿著等高線從大分往北腰繞，但魯崙和哈哈比兩段大崩壁摧毀路基，只得和等高線拚命。在前往越嶺點的之字形陡上途中，可以清楚地眺望溪谷另一邊的大分，平台一階階清晰分明，腹地寬闊，難怪布農族人會聚居在此，形成龐大的部落。

負重持續上坡對於體力和意志都是折磨，幸而沿路綠意舒緩了倦意。不過，讓米多莉感覺將倦意一掃而空的是多美麗的人字砌牆，近一層樓高的駁坎在古道邊上綿延，扁平的石板一層一層極有秩序地左右疊砌，壯觀如城牆；通往駐在所平台的石階仍然完好，平台上芒草高過人身。跟其他駐在所一樣，多美麗有許多空酒瓶。

從多美麗開始，古道寬敞好走，米多莉咖啡入喉，精神振奮，腳步不但快了，而且十分穩健。抱崖之前，一路上有許多眺望新康山的好地點，東臺一霸的尖凸山容令人印象深刻。

這一段路也是八通關越嶺古道橋梁密集的路段，一行人相繼跨越新崗橋、嚴戶棧橋、石洞橋、櫻橋、抱崖橋，米多莉步伐輕快得像一隻蝴蝶，只在石洞橋前的沙敦隧道彎下腰，這座八通關越嶺道主線上唯一的隧道又短又低，低到連嬌小的米多莉都得屈身才能通過。新康駐在所和沙敦駐在所在古道上方，領隊說這兩個小駐在所的現況沒有比過去幾天看見的更好，只在路過時指出大約的位置。米多莉跟著大家抬頭探看，但什麼也沒看到，草木擋了視線，而時間應當也把殘跡抹得乾乾淨淨了。

多美麗至瓦拉米之間似乎是黑熊經常出沒之地，每隔一段距離就有「小心黑熊」的警示牌。這段路更是惡名昭彰的螞蝗之路，沿途「小心螞蝗」的標示牌不斷。Beware of Leeches。原來螞蝗和水蛭系出同源。米多莉用盡心機提防螞蝗，不惜穿上雨衣雨褲把自己裹得密不透風，悶得十分難受。即便如此，她仍在十里駐在所遭到襲擊。

十里駐在所建在越嶺道西側凸起的小高地，三面絕壁，圍起平台的駁坎完好如初，連接越嶺道的斜坡大約就是當年模樣。平台上一點房舍的痕跡也沒有，樹木和草徹底吞噬了駐在所，陽光稀疏灑落，有些陰暗，而且潮溼。兩隻螞蝗不知從什麼地方貼上米多莉的手套，努力鑽進棉線間的縫隙。米多莉用力一拍，抖掉螞蝗，這時

十里

此地距玉里恰好十日里，所以名「十里」。十里駐在所的北、西、南三面是峭壁，地勢險要，高起的基地平台以一道斜坡連接越嶺道。警察從附近採來岩石，一一打鑿平整用來堆疊駁坎，駁坎仍在，平台上卻已無房舍，草木吞噬駐在所，一寸一寸索回本來就屬於大自然的領地。陽光稀疏灑落，陰暗而潮溼，螞蝗十分猖獗。當年，警察告訴毛利之俊，每逢颱風過後，冒出頭的香菇總是多得驚人；現在，最多的是螞蝗，窮凶惡極，嗜血如奪命。

（攝影／陳明志）

領隊走過來帶她離開平台，回到古道，他把米多莉的頭往下壓，露出頸背，撒了一把鹽。「別動。」領隊說。

低著頭的那一、兩分鐘，米多莉腦袋一片空白。她討厭螞蝗，而且害怕，說不出地害怕。那些警察呢？還有女眷？他們跟我一樣害怕嗎？生活被恐懼與愁悶圍繞，吸血螞蝗無孔不入，布農族人悄無聲息的奇襲，家鄉在遠方。男人有酒，女人呢？

卡雷卡斯、山陰、多土袞，然後是美托利，米多莉在此遇見毛利之俊。如同莫比烏斯帶之上的兩隻螞蟻，他們以一種奇異的方式相遇。

毛利之俊帶著米多莉走上越嶺道之旁的凸稜，參觀了這個嬌小的駐在所。美托利只有一階平台，駁坎內種了柑橘還有日本沒有的芒果。警察頗為驕傲地描述每年一月到四月綻放的櫻花，臺灣山櫻

拘謹的警察與家眷

綠駐在所坐落於越嶺道上方，是個小據點，規模雖小，警察仍然費心經營。他們在基地平台種芒果、柑橘，在海拔一千二百公尺偏涼的此地芒果能否結果，相當值得懷疑。但櫻花就不一樣了，小庭園裡的櫻花樹以山櫻為砧木嫁接吉野櫻，每年一月至四月，山櫻率先盛綻，吉野櫻隨之怒放，嫣紅粉紅，濃淡深淺，各有顏色。警察和家眷將拉庫拉庫溪流域逐漸平靜之後空出的心力投注於最能負荷鄉愁的櫻花，但是在鏡頭前他們顯得多麼拘謹啊，時當午前，來自東方的陽光照亮他們的右臉，在左臉留下淺淺的暗影。

（引自《東臺灣展望》，毛利之俊，來源／阿之寶手創館）

緋紅怒放在先，來自日本的吉野櫻接著才開花，一開始淡紅而後一樹雪白。毛利之俊邀請警察和家眷合影，他請他們在石階上站定，主管居中，左右各一個警手，後排一個女眷抱著嬰兒，另一個牽著戴上淺色圓帽的女孩站在前排，背景當然是駐在所官舍、駁坎、刺絲圍網，石牆裡還有一個警手說正忙著，就不和大家照相了，於是他成了背景的一部份。快門聲響了以後，照片中的人才露出笑容，說了謝，但剛剛他們的表情如此拘謹，來自東北方的陽光照亮他們的右臉，在左臉留下微微的暗影。

「毛利先生，該繼續各自的旅程了。」米多莉說，「我們在大水窟見過面，或許還會再見面。」毛利之俊步下石階，帶著攝影師朝著州廳界走去。

米多莉在瓦拉米全身上下徹底檢查了一遍，她點燃打火機一一除去死纏不放的螞蝗，吃了午餐，在山屋旁撿了一顆土芭樂，削去猴子咬了一口的那半邊，有滋有味地嘗了從來沒吃過的紅心土芭樂，她喜歡那股清香，元氣大振。瓦拉米之後的古道路況甚佳，愈接近登山口，愈平坦好走。

大分以後，沿途也立了不少紀念碑，她暫時不去想那些樹影草光中突然射出的子彈以及死者掙扎的痛苦。沿途的山澗和瀑布如快速進行的樂段，持續洗刷古道承載的重量，每走過一座吊橋，每跨過一支里程柱，就愈接近她的世界。

直到踏出越嶺道東端登山口脫離碎石山徑雙腳再次踏上瀝青路面那一刻，不真實的感覺又一次襲來。兩顆巨大的混凝土路障臥在古道與公路交接處，臺三十線公路第一支里程牌在幾步之外，豎立於公路之側山壁之下，里程標示為零。米多莉知道數字會朝向山下遞增，她回頭望著古道，彷彿又看見來時里程柱上愈來愈小的數字。此刻，無論面向何方，米多莉的位置都是「零」，她感覺站在一個空蕩蕩的地方，比所有崩壁還糟糕，全無踏點。

米多莉開始想念她的琴，想念巴哈、莫札特、貝多芬、帕格尼尼、孟德爾頌、恩斯特、法蘭克、布拉姆斯、韋尼奧夫斯基、聖桑、布魯赫、柴可夫斯基、德弗札克、艾爾加、德布西、史特勞斯、西貝流士、比奇夫人、波狄尼、克萊斯勒、拉威爾、巴爾托克、普羅高菲夫、普朗克、蕭士塔科維奇……她知道自己的曲目就是一部歷史，一種非文字記錄的歷史，她的手指與弓在琴弦上跳躍，把紙上的音符化做時間跳動的舞步。

她想起被連根拔起的法國菊，多麼孤單地來了又去，那些離開自己的地方的事物，往往不是自願前去他方。

米多莉甚至懷念令人作嘔的螞蝗，它們堅定而無趣的等待比所有駐在所更頑固更持久。

製圖師的預言：十六世紀以來關於花蓮的想像

作　者／王威智
發行人／莊謙信
總編輯／林宜澐
執行編輯／張筑婷、董雅芳
美術設計／賴佳韋
出版／蔚藍文化出版股份有限公司
地址：10667 臺北市大安區復興南路二段二三七號十三樓
電話：02-7710-7864
傳真：02-7710-7868
部落格：http://azure0412.blogspot.tw/
總經銷／大和書報圖書股份有限公司
地址：24890 新北市新莊市五工五路二號
電話：02-8990-2588
法律顧問／眾律國際法律事務所　著作權律師／范國華律師
電話：02-2759-5585
網站：www.zoomlaw.net
讀者服務信箱／aimurzim0412@gmail.com
印刷／中原造像股份有限公司
初版一刷／二〇一四年七月
定價／三二〇元

本書二〇一三年十一月由花蓮縣文化局以《地圖繪製學》書名出版。二〇一四年七月，經花蓮縣文化局授權同意更易書名並增潤部份內容後，由蔚藍文化出版。

國家圖書館出版品預行編目(CIP)資料

製圖師的預言：十六世紀以來關於花蓮的想像／王威智作. -- 初版. -- 臺北市：蔚藍文化, 2014.07
面；　公分
ISBN 978-986-90518-1-1(平裝)

863.55　　103010747